獻給曾經在這塊土地上活著跟死去的人

1

「若要由此過，留下買路財。」

沙林在瞭望塔上，向下面的人大喊。塔下的男人嘴唇發白，頭頂發燙，身體搖搖晃晃。沙林把話又說了一遍。那人把手伸進懷裡，掏出一顆桃子。最後的一顆。沙林搖搖頭，從箭袋裡取箭搭在弓上，動作快而熟練。那人感覺到死亡近在眼前，於是開始發抖。他把肩膀上的包袱和背上的孩子放下，任孩子在太陽底下大哭，希望從包袱裡頭找到可以讓他保住小命的東西。

「算了，你走吧。」

沙林揮揮手，朝地上吐了口口水。男人不停向他道謝，連忙收拾好包袱，快步往村子走去。

「等等。」

沙林才說完，男人立刻跪了下來，拚命地磕頭，求他饒命。

「把孩子帶走。」

男人回頭抱起孩子，慌忙離開。

沙林是村子裡的傳奇。他的父親是山上的獵戶，平常靠著打山豬和野鹿爲生。有天夜裡，土匪上門打劫，因爲抵抗而被殺害。他的母親受到驚嚇，靠在牆邊提早把他產下。旁人發現時，他的臍帶已經被割斷，躺在弓箭旁邊哇哇大哭。趴在地上的土匪頭子，左眼中箭，右眼盯著箭尾，仍保留著死前困惑的眼神。

眾說紛紜。村民說要是他的母親有這麼好的本事，一定早就出手，不會眼睜睜看著丈夫死掉，所以趕跑土匪的人肯定是沙林錯不了。如果這是真的，那可不得了，以後村子再也不會有土匪敢來騷擾。為此，平常大門不出，二門不邁，成天泡茶的廟祝拄著枴杖，領著村民上山來把事情搞清楚。當他們看到屋外發黑的血跡和被扯爛的屍骨時，所有人面面相覷，不敢妄動。

「別慌。我自己過去。」廟祝的聲音宏亮，吵醒了正在屋裡小寐的母子。他用枴杖推開虛掩的門，在床邊坐了下來。

對於廟祝詢問的那段過去，沙林的母親躺在床上，虛弱地回答：「忘了，我忘了，也不想再想了。」廟祝說如果不給個交代，會讓他很難向村民交代。她嘆了口氣，把廟祝招來，在他耳邊悄聲地說：「你到底想要什麼交代？我快餓死了，我的孩子也是。如果你見死不救，我一定變鬼來找你算帳。」

廟祝聽完大驚失色，立刻派人帶來了食物和奶媽。沙林的母親吃完東西，稍微恢復體力後，改口對廟祝說：「你說什麼就是什麼，但是，你得答應以後不讓我們挨餓。」

達成協議後，廟祝走到屋外，對已經點燃火把的村民說：「是的，是那孩子，跟我請示神明的結果一樣。」

村民歡聲雷動。廟前的慶典一連辦了好幾天。廟祝也信守承諾，定期派人將祭神剩下的供品送給他們。沒人再去追問事情的真假，直到鄰近的村子被搶，村民才又想起他們，要他們搬到隘口，好來保護村子。

村子被高山圍繞，隘口是唯一的通道。因爲隘口並不容易找，所以除了原來就住在山裡的人外，村裡大都是些走投無路的窮人和被追捕的犯人。沙林的母親談吐不凡，氣質出眾，據說是遭人陷害才家道中落。沙林的父親是個罪犯，但母親在沙林懂事後告訴他，他的父親是因爲打抱不平，得罪了官差才被冤枉的。

村民替他們在隘口邊蓋好房子，承諾會給他們更好的生活後，他們從山上搬到了隘口。消息傳開，土匪真的因爲傳說而不敢貿然接近。接著，開始有些家境稍好的外地人爲了安全而想搬進村子。爲了收租賣地，村民把土地瓜分，但沙林和母親只得到一座瞭望塔，好讓他們能看得更遠一點。

某天，一個考慮買地的富翁來到村子。他是放洋留學的富家子弟，以科學爲信仰，對於跟自己無關的事，只相信親眼所見。

「我不相信那孩子能有什麼本事。」富翁的話引起了村民的恐慌。他們把沙林的母親找來，要她在富翁面前保證，下次沙林會爲他表演射箭。

「他只有三歲啊。」沙林的母親私下向廟祝抱怨。廟祝說他也無能爲力，因爲那是村民一致的決定。爲了教會沙林，她只好日以繼夜地練習。當富翁再來時，她已經有了不錯的身手，但沙林只學會了掏箭。於是她決定說謊，「這孩子只有在遇到危險的時候，才會表現出真本事。」沒人能推翻這種說法，富翁也不再堅持，反正他買下的土地已轉手大賺了一票。這件事情過後，所有想摸黑闖進村子的人，都在沙林的母親發箭嚇阻下放棄。村子越來越安全的同時，村民也有了共同的秘密。他們知道其他人會搬進村子，是因爲相信傳說，而不是因爲一個寡婦。所以他們更加誇大沙林的神奇，好讓人忘記他的母親。爲了村子的繁榮，他們心照不宣，從來不對外人提起。

在此同時，越來越多人想進村子做生意。村民又看到了商機。他們要求沙林向路過的人徵收過路費，沙林的母親教了整整一年，他才終於學會。

「若要由此過，留下買路財。」當他第一次說出這句話時，連原本嫌他笨的村民都爲他拍手叫好。

「我快不行了，以後你得靠你自己。」

八歲時，因病瘦得只剩皮包骨的母親對沙林說。他雖然愛玩，又不聰明，但很懂事。他開始努力學習射箭，在完全掌握訣竅的那天，走進了村長辦公的地方。當年的廟祝已經當上了村長。沙林向他提出要求，希望在村裡有一戶房子，還要一個丫鬟。

「不然，我就帶我娘離開。離開這裡。我說到做到。」

沙林的聲音發抖。他從來沒有爲了自己向別人要求過什麼。隔天，村長空出大夫家隔壁的房子，又找了個剛懂事的孤女充作丫鬟。於是沙林和母親分離，獨自留在隘口，站在瞭望塔上保護著村子。

往後幾年，天象很亂。有些年，雨一連下了好幾個月。村民每天看著雨，雨讓他們忘記了時間。他們把房子越蓋越高，還造了竹筏，搭起雨棚，整天聚在一起飲酒作樂，聽人說書唱戲。也有些年，太陽整天掛在天上，就是不下雨。酷熱的天氣讓人昏昏欲睡，土地被曬得皸裂，時間也成了失去連續性的粉末。村民花錢請人從遙遠的海邊挑來一擔一擔的水。水才撒在地上，鹽巴就成了薄雪，土地因此成了沙地，再也種不出農作，蓋不出穩固的樓房。

但真正困擾村民的不是這些，而是窮人，越來越多的窮人。打雜的、幫傭的、跑腿的、乞討的、流落街頭無家可歸的，全是窮人。他們趕也趕不走，一趕就躲，躲起來過著偷雞摸狗的生活。村民說如果再這麼下去，他們就要離開這裡，搬去更安全的地方。

「別再讓沒錢的人進來！」

胖嘟嘟的村長坐著轎子，一次又一次前來提醒。不過，面對那些可憐人，沙林還是睜一隻眼閉一隻眼，盡可能給他們方便。他知道外面的世界已經變了，土匪穿上制服成了軍閥，爲分贓的問題自相殘殺。只關心自己，對其他事情一概漠不關心的村民，再富也富不了多久了。

就算是今天，雖然才剛辦完囍事，但他仍在清早起床，站在塔上看著一切。

背著孩子的男人還沒走遠，遠方又揚起一片沙塵。

他聽出風裡夾雜的聲音。

是軍閥。

他討厭軍閥。他們花錢請人爲他們打仗，好奪取更多的錢。那些爲錢而死的人被隨意丟棄掩埋，來找他們的家屬只能站在亂葬坑前，望著土堆上的雜草發楞，然後默默離開。爲此，沙林花錢請人爲自己做了墓碑，也爲母親和妻子各做了一個。不過他並沒有認真想過，墓碑之所以重要，是因爲那是人一生空無的總結。

他決定先給個警告。他抓出距離，把弓拉滿，在風吹過的時候，對著太陽鬆開了手。咻。竹子做的箭畫了一道長長的弧線，插在沙塵前面，晃啊晃的。士兵們你看我，我看你，對於這天外飛來的一箭，都摸不著腦袋。

「有埋伏！」他們只好這麼喊。

沙林抹掉臉上的汗，抓起第二枝箭。一個人騎著馬從隊伍裡出來，那匹馬全身通紅，又高又大，黑色的鬢毛像是女人的長頭髮。

他認出了那人。

是老大爺，最有勢力的軍閥。

「我是特地來找你的。」

沙林站在塔上沒有答話。老大爺揚起手，兩個士兵合力扛來一只半人高的木盒。紅色絨布裡包著一把鑲銀的洋槍。沙林爬下塔，接過長槍把玩了一下，然後朝天空扣下扳機。槍聲震耳欲聾，他的肩窩隱隱作痛。

「對著東西試試。」

沙林聽命朝屋子開了一槍，牆就應聲垮了。老大爺穩住受驚的馬，要他瞄遠一點。他擤掉鼻裡的灰，往山腰開了一槍。士兵找了很久，最後帶回一隻斷頭的鳥。老大爺摸摸下巴上的鬍子，滿意地笑了，然後他身邊的人也都跟著笑了。沙林一臉驚訝，他沒有想到槍是這麼神奇的玩意兒，竟然可以打到連自己都看不到的東西。

「跟我們走，它就是你的。」看他猶豫，老大爺又說：「要做大事，還是要當走狗，看你自己。」他被老大爺的驕傲吸引，看了看村子，又看了看塌了的牆，昨晚才剛成爲妻子的丫鬟躲在門邊偷看。他沒有多想就決定加入部隊。老大爺立刻挑了匹馬，還發了套軍服給他。他騎上馬，載著妻子回到村裡，向母親跪別後，轉頭對妻子說：「好好照顧我娘。」

「那我們怎麼辦？」村民沒想到沙林會就這樣離開。

「別擔心，我會派人保護你們。」老大爺在離開前指派了一些士兵協防，但他們很快就脫下軍裝，有人回家，有人投靠別的軍閥，也有人留下來在村子裡成家。

沙林走了以後，村子逐漸沒落，最後再也沒人經過。

「好了，先講到這裡吧，覺得怎麼樣？」

我抬起頭望著老人，兩手仍然擱在鍵盤上，不知道該怎麼回答。這是我第一次幫人代筆，由於缺乏經驗，所以連故事都記得七零八落，根本沒有注意他到底講了什麼。

「怎麼樣？哪裡不好？」

他又問了一遍，神情急切。我敷衍地告訴他其實還不錯，然後把還沒打完的句子補上。聽完我的回答，他靠在椅子上，顯得安心不少。

「那今天就到這裡吧。」

他從懷裡拿出一個舊的牛皮信封，在茶几上壓平後，推到我的面前。信封上沒有寫字，只有紅色的框。我告訴他不用現在付錢，但他堅持要我收下。我只好把信封和電腦一起收進袋子，和他約定了再見的時間後離開。

推開紗門，午後的陽光飽滿，不若早上的陰雨。院子裡兩隻松鼠一見到我就跑了。我試著想找，但見那棵樹枝繁葉茂，所以又放棄了。走出巷子以後，我忍不住打開信封。以工時來算的話，這筆收入實在算是豐厚。我撥了電話，想要謝謝安惠，電話響了幾聲轉進語音信箱。我不習慣跟機器說話，於是掛了電話。

昨天晚上，我接到安惠的電話。我曾經在她工作的出版社投稿過一本小說而和她有過接觸。因爲無意間知道她的父親身體不好，關心了幾句，才開始有了私交。雖然小說最後沒出版，但一直保持著聯繫。簡單寒暄了幾句之後，她問我最近還有沒有在寫作，我說勉強算有。她又問什麼時候會完成，我說沒那麼快，其實還停留在構思的階段。我們沉默了片刻，然後她才說有件事情想請我幫忙。我以爲是家裡的事，連忙問她怎麼了。結果，原來是她在下班前接到了一通電話，有個年紀很大的作家打了越洋電話回來，說他有個朋友想找人幫忙寫點東西。她問我有沒有興趣，我猶豫了一下，然後問她怎麼計價。她雖然也不太瞭解，不過還是希望我能幫忙過去看看，就算不接，她也比較好對上面交代。

所以今天早上，雖然天氣濕冷，還下了些毛毛雨，我仍照著她給的地址登門拜訪。那是一戶位於青田街巷弄裡的老房子，紅白相間的木門油漆斑駁，發黑的圍牆長著青苔。我按下電鈴，等了很久才聽到屋裡有些動靜。一個老人把門拉開。他的頭髮虛白，灰色的眉毛有點雜亂。我向他說明自己是受出版社委託而來，他看起來有些意外。我一直站在門外，直到他說：「先進來吧，記得把門關上。」我才跟了進去。

房子的外牆是木板做的，因爲潮濕而顯出很深的顏色。穿過院子的時候，我差點滑了一跤。我把傘瀝乾，發現無處可放，便勾在紗門的把手上。

從外面看起來，房子的屋頂很高，但進去之後，裡面卻很小。電視機、茶几、透明玻璃酒櫃、靠背破了的搖椅，加上一組棗紅色的絨布沙發，占滿了整個客廳。我在沙發上坐下，覺得不大對勁，拿起坐墊檢查，才發現底下的大理石裂了。老人要我把墊子放回去，說那本來就是壞的。我鬆了口氣，換到另一邊坐好。他打開杯蓋喝了口茶，接著問我該怎麼開始。

「您就講您想講的。」我邊說邊從背包裡拿出筆記型電腦和電源線。椅子後面的插座是老式的，蓋子已經鬆脫。我小心翼翼地把插頭插進黑色的插孔，然後把電腦放在大腿上，開始了第一天的工作。

工作結束後，我沒有馬上回家，想要享受一下難得的陽光。我沿巷弄而行，從清真寺旁穿了出來。剛結束集會的信眾聚集在賣生活雜貨的攤販前聊天，我想要避開他們，卻不小心把一隻走到邊緣會自動掉頭的機器狗踢得四腳朝天。老闆看著我，手裡拿著一把會發出聲音和閃光的槍。我彎下腰把狗擺好，還好它又走了起來。我向老闆賠了不是，他也沒有要追究的意思。一個皮膚黝黑的男人指著老闆腳邊的遙控汽車，老闆把盒子拿起來遞給他。他看完盒子的正面又看了背面，問完價錢，兩個人開始討價還價。

我穿越馬路。森林公園裡，一位戴呢帽的老人坐在長椅上看報。我進公廁撒了泡尿。廁所很寬，通風很好，我因爲懶，所以沒有洗手。出來的時候，老人已經走了，只留下了報紙。我翻了一下報紙，似乎沒有發生什麼大事。大半天的工作讓我有些疲倦，於是躺在長椅上，用報紙遮住太陽，睡了一覺。

醒來的時候，天色還沒暗，但是路燈已經亮了。我打了個哆嗦，發現報紙不見了，可能是給風吹走或是被哪個經過的人給拿走了。

我加快腳步，想讓身子暖活一點，但流汗以後，卻覺得比之前更冷。我索性在人行道上跑了起來，從龍安國小一直跑到台灣大學門口才停下。我撐著膝蓋，一邊喘氣，一邊看著對面路口一台摩托車被交通警察攔下。人行地下道裡賣童書和刮痧棒的攤位一如往常，但播放佛經賣口香糖的老人沒有出現。前陣子有個帶著大背包的年輕人，在瓦楞紙上用歪曲的字體寫著他需要錢回家，請大家幫忙。我想問他家在哪兒，但每次經過的時候，他都在睡覺。

走出地下道，剛才被攔下的騎士手裡拿著皮包，已經交出了駕照和行照。警察從手上的機器撕下一張像是刷卡單的罰單，要他在上面簽名。我不喜歡警察，於是和騎士交換了一個不以為然的表情。站在一旁的替代役男問我在看什麼，我轉了轉脖子，假裝在活動筋骨，沒有理會他。

回家後，我走進廚房，告訴外婆我找到工作了。她沒有回答，背對著我，用筷子攪拌著鍋子裡的麵條。我掏出信封裡的鈔票，把話又重複了一遍。她才說：「好，好，好，賺錢好。」我頓時覺得自己有點無聊，不過就是份工作，沒必要這麼大驚小怪。

爬上樓梯回到房間，我將雜物從書桌移到床上，打開電腦，花了些時間把稿子來回看過一遍，憑著印象和猜想，把可能漏掉的部分補上。完成之後，我唸了幾遍，把句子做了些調整，好讓自己添加的和從老人那裡記下的讀起來差異不至於太明顯。因為老人講話時都是用「我」當人稱，通篇「我」的父親，「我」的祖父，「我」的母親，「我」的祖母，感覺有點累贅，於是我突發奇想，試著把人稱做了變化。改完之後，讀起來是更像故事了，但是老人說故事時的情緒也不見

「有沒有人在家吶？」

屋外有人叫嚷。叩門聲一直沒停，連灰塵都從門簷上落了下來。沙展沒有理會，繼續和表弟玩著沙包。安靜了片刻之後，門被一腳踹開。一個又瘦又高，肩膀寬大的男人站在門外。見到屋內有人，男人嚇了一跳。

「怎麼不應門呢？」

男人跨進屋內，沙展發現他穿著軍裝，腰上還配了槍，於是要表弟進房，自己則把手按在插在腰後的彈弓上。沙展的母親從屋後出來，見到這個狀況，連忙把他護在身後，咚的一聲跪下。

「沒事，只是來借個廁所。」母親聽不懂男人在說些什麼。「我們團長的肚子不大舒服。」男人又補了一句，她才意會過來，伸手指著屋後。

不久，男人帶著團長和另一個又矮又胖的軍人回來。團長眉頭深鎖，見到他們才勉強擠出笑容。「趕快起來，別跪在地上。」說完，快步往屋後走去。

屋子後面只剩斷垣殘壁，灶上還搭了棚子遮雨。更後面的空地，有幾個砲彈炸出來的大坑，最大的坑上蓋了一間高腳屋充當茅房，左右兩邊都放了木板當橋。那木板很長，沙展以前經常帶表弟在上面跳著玩耍。有次表弟掉進坑裡，他被母親痛打了一頓，兩人才不敢再玩。

團長上完廁所，在高個子的陪同下，神清氣爽地離開。矮胖的軍人從上衣口袋掏出鈔票，數了幾張放在桌上。沙展的母親希望能把錢換成食物，但胖子說沒有辦法，因為部隊也缺糧。她抓住胖子的衣袖想要再求，卻被他一把甩開。

「你別欺負我娘！」

站在一旁的沙展大叫。他的母親把他拉住，對胖子說：「您就當行行好，我的丈夫也是個軍人，他叫沙林。」胖子聽完，神色一變，三步併兩步地跑了出去。過沒多久，團長又回到屋裡，熱切地說他和沙林曾是同袍，感情很好，沒想到會在這裡遇到他的家人。

「他一直沒回來，連他娘過世了也聯絡不上。」

「都是這樣的。你放心，他沒事，活得好好的。」沙展的母親聽完團長的話，追問了幾句。但團長卻沒再多說，要胖副官回部隊張羅晚餐，還搬來一些軍糧。原本門窗緊閉的村里街坊聞到食物的香味全湊了過來。胖副官把他們擋在門外，一度吵了起來。沙展和表弟沒吃過大魚大肉，在桌上狼吞虎嚥，完全沒理會外面的事。

團長多喝了幾杯，放下酒杯對沙展說：「你爹好厲害，你知不知道？」沙展看著他，繼續吃著手上的雞腿。

「他見也沒見過，連有這個兒子都不知道。」沙展的母親摸摸他的頭，然後替團長把酒斟滿。

「他是個神射手。」團長把酒喝完，原本要繼續說下去，但沙展放下雞腿，手在褲子上抹了抹，拿出彈弓瞄了幾個地方，最後打熄了油燈上的火。屋裡才黑，屋外就有人想推開窗戶進來。

胖副官喝令村民通通不許動，高副官也掏出手槍，擋在軍長前面。直到沙展的母親擦亮火摺，把燈點亮，他們才鬆了一口氣。

「別再玩了，上次怎麼跟你說的？別在家裡玩這玩意兒。」

「那你們跟我來。」沙展推開門走出屋子，屋外的月亮很亮，村民臉上透露著渴望。他沒有理會他們，獨自往樹林走去，只有表弟和胖副官跟了上來。

林子裡很黑，樹木高聳入天。沙展解下表弟的褲帶，矇住自己的眼睛，繼續前進。表弟拉著褲子，一直在後面叫他別再往前。他仔細地聽，然後緩緩舉起彈弓。咻的一聲，一團黑影落下。

他摘下眼遮，拎著獵物走了出來。月光下，一隻鳥緊閉著眼睛，喙子微張，看起來像是廟裡的菩薩。胖副官檢查了一下，然後說：「這是海鷗，山裡不該有這種東西。」

他們回到屋子。受傷的海鷗引起了村民的爭搶。

聽完胖副官的報告後，團長大吃一驚。他告訴沙展的母親，只要給這孩子機會，他將來一定是個不得了的人物。

「唸書識字了沒有？」沙展母親搖搖頭，走進房裡，拉著弟媳婦出來，在團長面前跪下。

「請您把這兩個孩子帶走，交給我丈夫。」這突如其來的舉動讓沙展和表弟看傻了眼。她們把孩子拉了過去，也要他們跪下，「這裡危險，跟著團長走是你們的福氣，還不謝謝人家。」

「我，不，走。」沙展甩開母親的手，拍掉膝蓋上的灰塵。

「找你爹去，你不是一直想見他嗎？他沒回來，那你找他去。」母親幫他拉平衣服，撥理好頭髮，流下了眼淚。

「不要。我不認識他。如果他想回來的話，早回來了。根本不用我去找。」沙展覺得一個人除非是死了，或者是自己不想，不然不可能這麼久都不回家，連個消息也沒有。

「你爹和團長一樣，做大事的人沒有時間回家。」母親跪在地上，耐著性子勸他。

「是啊。我也很久沒回家了。」團長拿起空杯子喝了一口，然後幫自己倒了杯酒。

「那你有老婆小孩嗎？」沙展問。

「有老婆，」團長看著沙展的母親，想了一下，把頭轉向油燈，「不過我也不知道有沒有孩子，我都當作沒有。」

屋裡突然安靜下來，全部的人都看著油燈。團長說要出門透氣，才推開門，風就從窗縫竄了進來，又把燈給吹滅了。母親用火摺把燈點燃，然後收拾起桌子。沙展知道母親，她每次心裡難過，就會用勞動來排解。勞動，勞動，不停地勞動，但再怎麼勞動也填不飽肚子。村裡的人說她以後一定會有牌坊。村裡以前有很多牌坊，但炸彈一炸就全都垮了，不但壓壞了房子，還死了好幾個人。他覺得如果團長能把母親一起帶走，那母親就有了丈夫，他也有了父親，每天晚上就能像今天一樣，一家人坐在桌子前面吃飯。

「表哥去不去？他不去，我也不去。」

沙展看著表弟，覺得他也需要一個父親。雖然舅舅以前很照顧他，但他是個無賴，把家裡的東西全拿去賭光以後，再也沒回來過。他有時候會想，或許舅舅也想回來，不回來可能是不想再給他們添麻煩。

「我娘不去，我也不去。」沙展做了決定，立刻被母親賞了一記耳光。他想要回嘴，肚子卻疼了起來，蹲在地上連半句話都說不出。團長回到屋裡，見到這個景象，一時不知該怎麼反應。

「那就有勞您照顧他們兩個了。」沙展的母親說完，團長要她到後面說話。沙展忍痛湊了過去，和舅媽一起挨在門邊偷聽。

「弟妹，我當你是自己人。坦白說，沙林他現在人在西北，之前和我們還有些小衝突，要我把孩子送去給他，恐怕有些困難。」

「怎了？莫非，莫非他當了漢奸？」沙展的母親臉色蒼白，「還是您……」她向後退了幾步，原本想逃，結果被團長一把抓住。

「不是，當然不是，只是一家人難免也會鬧意見。」

沙展的母親放心不少，悠悠地說：「饑荒，我可以逼孩子啃樹根。但是要跟鬼子打仗，我真的一點辦法也沒有。就算非親非故，我也會求您把他們帶走。您就行行好，救救這兩個孩子。」

她雙膝一彎，團長就把她扶住，不讓她再跪。

「好了，這樣吧，我帶他們走。你們兩個也一起來吧。」

沙展心情非常激動，覺得團長真的是個英雄。但沙展的母親卻拒絕了。她說要跟舅媽一起留下，如果真的沒辦法待了，再想辦法回老家。

「乾脆我把你們全送回去。」

母親也不願意接受這個提議。她說老家遠得很，連還在不在都不曉得了，「拜託您就帶孩子先走吧。我想讓弟妹自己決定要去哪裡，不可能要她再指望我弟弟。」沙展的舅媽忍不住哭出了聲。團長看看她，然後嘆了口氣，「你們還是跟我走吧。」

「不了，部隊再怎麼說還是男人的地方。而且我婆婆對我有恩，這房子我得替她守著。總之，萬事拜託了。」沙展的母親說完，和舅媽一起跪下，磕了幾個頭後，進房整理好簡單的行李，把沙展和表弟送上團長的吉普車。「記著路，照顧表弟，仗打完了，一起回來。」她交代完，沙展的肚子又痛了，痛得沒辦法說話。

車子發動以後，表弟的肚子也疼了。沙展對著追在車後的母親和舅媽不停揮手，直到她們抱著肚子蹲在地上，才停下來。一路上沙展和表弟拉了好幾次肚子。他覺得母親和舅媽一定也都在鬧肚子。一切都是那頓晚飯惹的禍。

「怎麼樣？」老人的問題和昨天一樣。

「我覺得還不錯。」我打完最後幾個字，接著把昨天晚上的想法告訴他，希望他能做個決定，但他卻想問我的意見。

「如果想強調親身經歷，或是有內心獨白，那用『我』是比較好。如果是想讓故事看起來像個故事的話，就可以考慮修改人稱。」

他聽完後對我相當拜服，希望我能代他決定。我雖然有點心虛，但還是給了建議，希望他能考慮修改。

「那要多付多少錢？」

「不用，這本來就是我應該做的。」

他向我道謝，起身進房拿錢。我利用空檔，到院子抽了根菸。

「以前，我有個朋友也常在這裡抽菸。」老人把信封遞給我，獨自在石椅上坐下。我注意到今天的信封是新的，白色的制式信封。

「對了，明天可不可以把這兩天寫的東西，唸給我聽聽？」我點頭答應，把信封摺好，收進口袋。

天氣晴朗，我和昨天一樣往公園的方向走。公園裡都是人，我想起今天是週末。一個騎腳踏車的孩子，按著鈴鐺朝我過來，嘴裡嚷著：「走開，走開。」我沒有讓開，他在我面前停下，把頭上的安全帽扶正，然後說：「你擋到路了。」我看著他，他滿臉通紅，從帽沿露出來的頭髮貼著額頭，手腳戴著護膝和護肘。

「不可以沒有禮貌，要跟叔叔說請。」他的父母從他身後出現。

「請你走開。」

我帶著微笑讓開，他們連謝謝也沒說就走了。我打消去公園的念頭，決定回家。過馬路的時候，一輛公車正好在專用道上停下。我看了看車窗上的路線圖，突然想去光華商場買台印表機。說來慚愧，我寫東西寫了不算短的時間，卻一直沒有自己的印表機。

我坐了兩站後下車。原本的光華商場已經和陸橋一起拆了，旁邊新建的新光華商場是棟有著百貨公司外觀的六層樓建築。一樓的店家正在施工，鑽孔機發出的聲音很吵，我搭了手扶梯直接上到二樓。

人潮擠得水洩不通，但是只要我一停下，就會有銷售員上前問我要買什麼，可以幫我介紹。這讓我覺得很煩，根本沒辦法好好選擇。最後，我對一個剛搬完貨的年輕人說：「我想要買印表機。」

他擦掉額頭上的汗，推薦了一台正在促銷的彩色噴墨印表機。

「我只是要印字，黑白的就好了。」

「現在的噴墨印表機都是彩色的。彩色的一樣也能印黑白，不然就得買雷射的。」我覺得雷射印表機雖然不錯，不過碳粉匣實在太貴，他建議可以用副牌或自己填充，因爲用原廠的太划不來了。

我看時間還早，想先去樓上逛逛，於是他從櫃檯裡拿了一張名片給我。

「如果有問到更便宜的，可以把價錢跟我說。」

我看了看名片，名片上的名字是用橡皮章蓋的。

新的商場並沒有想像中好逛，賣的東西大同小異。賣影音光碟的商家，牆上陳列的清一色是日本、韓國和大陸的連續劇。我不確定那些片子是不是盜版，盜版應該不會這麼明目張膽，但是它們的價錢又便宜得讓人不得不懷疑。

我在一家架上擺滿吉他的店門口停下。才把頭探進店裡，老闆就問我知不知道怎麼區別吉他的好壞。我搖頭表示不知道。

「來，你看。」他要我進去，指著幾把被放在一旁，已經壞了的吉他，「那些都是不懂吉他的人做的。」

他挑了其中一把，要我往音箱的洞裡摸。

「摸到沒有，兩根交錯的木條。」我點點頭。「那裡只該有一塊木頭，而且要磨成圓弧的形狀。」他從陳列架上又拿了一把給我。這次裡面果然是圓的。

「你彈看看。」我好久沒有碰吉他了，試著彈了幾個音。「好不好彈？」

「還不錯。」我回答得很客氣。

「算你識貨，我做的吉他絕對不會刮手。」我隨口問了價錢。「這把兩萬，如果要一般點的，最左邊那把，八千。外面花這個價錢要買到這種音色，不可能。」我聽完之後，小心地把吉他放回架上，卻還是不小心碰了一下。

逛完六層樓，舊書店只剩一家，店裡沒有客人，只有一個老先生坐在外面的凳子上發呆。賣色情光碟的剩兩家，其中一家沒有店員，另一家用上面貼著十八禁的簾子擋著。我把頭歪了一下，簾子後面有兩個店員，一個背著電腦包的男人問了他們幾句話，然後被帶到沒有店員的店裡拿貨。我聽說整個光華商場，這麼多的店家，其實幕後只有幾個老闆，大家選來選去，最後買到的東西還是一樣。

我回到先前那家店，買了那台促銷的彩色噴墨印表機。

「印表機的墨水匣一樣可以用補充式的，旁邊的店家就有賣。」年輕人好心提醒我。因爲印表機裡已經附有墨水匣，所以我沒有要買的打算。「只印文字的話，可以在列印的時候，選擇只用黑色墨水匣的經濟列印模式，這樣就不會用到彩色墨水。」我很驚訝他還記得我剛才說過的話，我還以爲他們從來不會記得這些。

我捧著紙箱在懷恩堂前下車。走到路口的時候，天空下起雨來。我這才發現雨傘昨天忘在老人家，只好攔了計程車回家。在附近雜貨店裡聊天的鄰居看我冒雨搬著箱子下車，一直對著我看，我只好對他們笑了笑。

我拆開箱子，把印表機放在書桌的一角，書桌頓時變得很小。依照說明書安裝設定好印表機後，我打開稿子，按下列印，接著印表機發出聲響，桌子開始晃動，故事一行一行被印了出來。我的心情竟然有點激動，好像自己真的有了作品。如果知道會有這樣的感覺，那我一定早就去買印表機了。

印表機裡透著藍光，我的眼睛隨著光線左右移動，又一張稿子吐了出來。我突然想起海明威。但他不是坐在打字機前，而是拿著一把獵槍。我在挪威森林咖啡館的牆上看過一幅這樣的照片，它的左邊是正在看報的波赫士，右邊是騎著摩托車，一個我不認識的人。

把稿子照順序整理好後，我原本試著想唸，但密密麻麻的字卻讓眼睛失去了焦點，稿子上的字全都成了分離的部首和筆畫。我以爲這種事只有小時候才會發生。我閉上眼睛，甩了甩頭，心想中文字真是種藝術，難讀又難寫。文字和讀音的關係微弱，讓讀書和講話成了兩回事，會說不會寫的人比比皆是。我總覺得古時候的人有可能是因爲懶得寫太多字，所以才用文言文。還好，現在有了電腦，大家都能夠輕鬆拼打出想說的話了。

我下樓洗了把臉，泡了杯即溶咖啡上樓。外婆已經睡了。我關上房門，打開窗戶，點了根菸。抽完菸後，原本不能懂的字又能讀了。我認真地讀了幾遍，把不順的語句改得通順，把漏掉的地方補好。最後，我想起老人早上的話，於是照著自己的意思把人稱一個一個改掉。

做完這些工作，已經是半夜三更。我把改好的稿子印出來，從抽屜裡翻出一個寶藍色的夾板。夾板裡面夾著一疊考卷，最上面的是一張考了滿分的物理考卷，範圍是關於自由落體的章節。我

3

戰爭開始以後，團長的部隊還沒見到敵人就奉命撤退了好幾次。但是沒有人因此洩氣，每個人都相信只要讓他們上戰場，勝利是遲早的事。

部隊裡的生活比預期要容易。胖副官總在晚飯後要沙展和表弟練習把皮鞋擦亮。有天晚上，沙展趁胖副官正在脫鞋，順手拿起桌上的手槍。槍比想像中沉重。他走到屋外，把槍指著月亮，瞇著眼睛假裝瞄準。槍發出了一聲巨響，隨即掉在地上。營房裡傳出了騷動，有人驚慌，也有人著裝。高副官在團長出來前，撿起地上的槍，向團長報告是清槍的時候出了狀況。團長沒說什麼，只交代下次要小心檢查。團長回房後，胖副官氣沖沖地走來，打了沙展一個耳光。表弟躲在胖副官背後，沒有說話。

過了一陣子，沙展拜託高副官教他用槍。他進步神速，到後來幾乎是百發百中，引起了所有人圍觀。突然，他聽見表弟喊他，回頭只見一只瓶子朝他飛來。他從容不迫地扣下扳機，瓶子在空中爆炸，出現一團火球，接著變成黑煙。所有人的臉都黑了，他們先是錯愕，確認自己沒事後，指著別人笑了起來。

「小子欸，明天跟咱一起去吧。打它個落花流水。」一個人起了鬨以後，其他人也爭相附和。

「今天的事，我聽說了。」團長吃完晚飯，用舌頭剔了剔牙。站在一旁的高副官立刻兩腳併攏，站直了身體。「如果我真要罵人，就不會在飯桌上說。」團長轉頭對沙展說：「考慮一下，不怕的話，你明天就跟弟兄們去一趟。」

清早，天還沒亮，沙展跟著連長領著士氣高昂的弟兄們出發，直到天黑才回來。團長要胖副官幫忙添飯，雖然菜已經涼了，沙展還是吃得津津有味。

「怎麼樣？」團長問。

「連長一開始就給炸死了。」他回答得很平靜，拿著筷子的手卻一直在抖。早上發生的事一直在他腦子裡出現。有人拿著槍，有人跑向他，有人背對著，最後他們全都倒下了。團長肯定他的表現，問他明天還想不想去。「不想，他們拚命追我。」

團長點點頭，回到房裡辦公。表弟這才問他：「聽說你殺人了？」沙展沒有回答，把碗筷洗乾淨後，獨自坐在屋外發呆。

部隊接連吃了幾場敗仗，甚至趕上了撤退到後方的老百姓和物資。團長只好下令部隊死守，以求爭取到多一點時間。

有天晚上，團長開完會後，把沙展叫進房裡。「你父親的部隊剛獲得一場重大的勝利，我想趁這機會把你們送過去。」沙展心裡有點掙扎，他才剛習慣這裡，沒想到又要離開。團長看他猶豫，於是問他是不是不想見到父親。

「想是想，但也沒有特別想。」

話雖如此，他還是和表弟在睡前整理好行李，準備天亮就出發。一直等到中午，團長才叫他進去，先給了他一塊巧克力，然後搭著肩膀對他說：「你爹爲國犧牲了。」沙展沒有說話，團長又說：「我會想辦法通知你的母親。」

「我想回家。」

「會的，不過不是現在。」

沙展走出營房，表弟正在樹下納涼。他把軟掉的巧克力從口袋裡掏出來，分了一半給他。

「姨丈死了，對嗎？」

沙展點點頭。

「我今天偷聽到送消息的人說，姨丈是被自己人從背後幹掉的。」

聽完表弟的話，沙展站了起來，拍掉屁股上的泥巴。

「我跟團長提過了，過陣子我會帶你回去。」

「回不去了。」表弟也站了起來，「聽說鬼子已經占領那裡了。」

「怎麼你什麼都知道？」

「我每天都跟胖副官串門子，沒什麼不知道的。」表弟說完把另一半巧克力也要了過去。

夜裡，沙展在夢裡見到了父親。他趴在一個草全都枯了的草原上。他說自己的確是被暗算的。但一切發生得太突然了，他根本來不及看清楚。接著他想起自己歷經的戰爭，想起對老大爺的失望，想起跟農民和工人一起做的勞動，想起在隊伍裡和其他人一起高喊著激昂的口號，「爲了苦難人民！為了苦難人民！」他說得太急，一口鮮血吐在乾黃的地上。他說他還記得更早之前，拿著弓箭站在村子外面。母親。他想起了母親。還有，還有。他拚了命地想要想，卻想不起來，最後，他決定不想了。他說他得走了，得趕回去家裡。沙展鼓起勇氣問他有沒有想到自己，但他說：「我不認識你。不過你也快回家吧，我真的要走了。」話一說完他就斷氣了。沙展想把他翻過來，好看清楚他的臉。可是才一碰到他，屍體就沉進土裡，化成影子，像魚一樣地游走了。醒來之後，他和表弟繼續跟著部隊打仗，時間一晃眼就是好多年。

這段期間裡，沙展隨高副官在戰場上見習，對戰爭有了一套自己的見解。他發現不怕死的人會殺掉最多的敵人，但也會被人殺掉。膽小和幸運的人雖然能活下來，不過通常跟勝利無關。表弟和沙展不同，他對讀書寫字有濃厚的興趣，胖副官教他學會公文裡所有的字，為此他還得了近視。部隊裡除了胖副官，沒有人戴眼鏡。胖副官要人從戰場上撿了好幾副，才找到適合他的眼鏡。

「戴這玩意兒能打仗嗎？」沙展拿起眼鏡試戴，「越看越不清楚。」他左右張望，只覺得頭昏腦脹。

「你懂什麼，這可是舶來品。」表弟說完，把眼鏡搶了回去。

當團長問他們是要進軍校唸書，還是繼續跟著部隊的時候，表弟毫不猶豫地回答要去唸書。

「那你呢？」團長問沙展。

「沒興趣。」他搖搖頭。

「表哥又不識字，要怎麼唸書？」

「我是軍人。軍人要在戰場上打仗。誰像你，膽小鬼。」

「真要有心，現在開始學也還不遲。」團長說。

「不了。」沙展把碗筷洗好，拿起自己的槍走到屋外。

表弟跟了出來，坐在他的旁邊，拿起被拆下的槍管，想要幫忙。

「剛是我不好，我們一起去吧。」

「別碰我的槍。」沙展把槍組合起來，緩了口氣說：「你自己去吧。記得回來就好。」

表弟走了以後，沙展也結束了見習，開始在戰場上獨自行動。他驍勇善戰，不負眾人期望，關於他的傳聞也越來越多。有人說他趴在草原上，打瞎了敵人所有的馬。有人說他在氾濫的河水裡埋伏了一個月，等到敵人和物資經過時才把橋炸了。還說他曾經學蝙蝠躲在山洞，吃果子和腐肉，所以眼睛不怕黑暗，耳朵能聽到一般人聽不到的聲音。最離譜的是說他能解讀風雨帶來的訊息。他成了部隊裡的傳奇人物，連敵人也聞之色變，部隊因此打了幾場勝仗，讓團長順利升上了軍長。

「以後要帶更多弟兄打仗，那我更睡不好覺了。」團長對所有弟兄說完，大家都笑了。「珍惜今天吧。去做些想做的事。仗總是要打完的。」他拿出口袋裡的小酒壺致意，一口喝了乾淨。

或許是受了軍長的影響，弟兄們開始把心思放在自己感興趣的地方。伙房在做菜時注重起食物的口感和色澤。修車的利用閒暇，把零件和螺絲雕成了花。醫務兵則開始學習編織，想把陣亡者的鈕釦和鞋帶編成大衣。沙展沒有什麼特別的興趣。事實上，表弟在離開之前曾經告訴他，軍長和其他人都只是想利用他們，不然他們不會連個軍階也沒有。他雖然不在乎階級，卻一直把表弟的話放在心上。於是，他告訴軍長他想要蒐集勳章。雖然軍長說一個真正的軍人要有隨時犧牲的準備，不該爲眼前的事情打算，但從此以後，只要沙展立下戰功，軍長就會從皮箱裡拿出一個自己的勳章給他。拿完了所有勳章後，軍長找來一個當過工匠的士兵，取消他所有的勤務，要他留在後方專心打造新的勳章。結果戰爭結束後，又過了三十年，那個士兵成了知名貴重飾品公司的負責人，累積了驚人的財富。

「說來可笑，我能有今天，竟然是戰爭給我的。」那人在接受電視訪問時，回答了他成功的秘密。

「我拿給你看看。」老人從椅子上撐起身體，然後又坐了下來，「老囉，腦袋不行囉，那些徽章早就不見了。」

我看看時間，今天結束得比前兩天要早，或許晚上可以帶外婆出去吃頓飯。

「一場仗，讓人失去很多東西。」他嘆了口氣，閉上眼睛，用手捏著眉心，「你知道戰爭最可怕的是什麼嗎？」

我屏住呼吸，等他把話說完。

「就像夢一樣。打完了，夢也醒了。但是那些在夢裡死掉的人，全都活不過來了。我認識好多睡不著的人，他們殺人，他們不敢睡覺，他們害怕有人又在夢裡死掉，也怕自己一不小心，在別人的夢裡死掉。」

他睜開眼睛，眼睛裡充滿血絲。我突然覺得他就算不講故事，本身也是一個講不完的故事。收拾東西的時候，老人想起昨天的約定，提醒我該把之前寫的故事唸給他聽。我把印好的稿子放在茶几上，告訴他我今天想早點回家。他失望地說：「那就明天再說吧。我不急。」

「沒關係，我現在唸好了。」

我拿起稿子唸了起來，老人只是安靜地聽，等我唸完後，他搖搖頭說：「跟我想的不太一樣。」我向他解釋我只更動了人稱和順了順句子。雖然他點頭，表情卻讓我覺得他不相信。

「明天我準備一支錄音筆，以後有問題的話，就聽錄音吧。」

「那就這樣吧。」

他把該給我的信封給我後，我抓緊時間趕去光華商場。昨天買的印表機已經降價了。我隨便選了一家店，請店員推薦一支好用的錄音筆。她從玻璃櫃裡拿出一個紙盒，說是索尼最新款的錄音筆。我接過用透明塑膠紙密封的盒子，等她講完一通很久的電話，才問：「請問充電電池是要用專用的充電器，還是直接插在電腦上就可以充電了？」

她接過盒子看了一下，然後說她不知道，店裡其他人也都沒辦法回答，最後她跟我說：「買回去後，說明書裡應該有寫。」

我向她道謝之後離開。我想她並不在乎自己賣的是什麼，也不在乎我需要的是什麼。她只想做生意，賺點錢，如此而已。如果她的態度稍微好一點，那我會告訴她之前我買過索尼的隨身聽，有傳輸線可以連接電腦，但不能用電腦充電，非得用原廠的座充才行。買了印表機後，延長線的插座孔已經滿了，我不想因為這樣而換一條延長線。

雖然商場裡還有很多賣錄音筆的店家，但我已經對這裡失去了信心，而且決定要把事情弄清楚。我想起西門町有一家索尼的直營店，那裡的店員一定能回答我的問題。

顧不得時間已經晚了，我搭上捷運，去了一趟西門町。

週日傍晚的西門町，人潮不如預期的多。專賣店裡沒什麼人，架上放著展示用的實機。我這才知道先前看到的錄音筆依記憶體容量的不同，分成了銀白藍黑四種顏色，大小剛好可以用手握住，左右各有一個高敏感度的麥克風，看起來像是一對耳朵。我非常滿意它的樣子，於是向店員請教充電的問題。

「原廠附贈一顆四號充電電池，直接把錄音筆插在電腦上就行了，也可以用電池充電器充電。」

我爽快地付了錢。由於是直營店，所以並沒有折扣，但價錢卻跟光華商場一樣。我以前一直以為光華商場會比較便宜，原來不是這麼回事。

回到家時，外婆已經吃完了晚飯。我有點過意不去，如果不是爲了一點芝麻小事，今天應該可以帶她出去吃飯的。不過我隨即說服自己，這些並不是芝麻小事，如果我不堅持自己的原則，那我就不是我了，更何況外婆也不知道我要帶她去吃飯。

「明天晚上別弄了，我們出去吃飯。」

「家裡有麵，冰箱裡還有絞肉。」

「我有工作了。一起出去吃飯慶祝一下。」

「好。有工作好。有工作好。」

外婆說完，和我在客廳看了一下電視，就說要去睡了。

我鎖好樓下的大門，留下一盞夜燈，回到房裡，拆開錄音筆的盒子。看完中文說明書，又順手翻了英文的。我發現只有英文的版本才有完整說明。原來經過設定後，這支錄音筆還能去除背景雜音、在聲音停止時自動中斷、在最低錄音品質下，錄音時間可達一千兩百小時。看完複雜的操作說明，我決定還是先不要亂動原先的設定比較穩當。

我按下錄音鍵，想測試效果如何，卻不知道該說些什麼。我想了一下，清完嗓子才正要開口，電話就響了起來。原來是安惠。她剛剛下班，想起我昨天有打電話給她，所以回電問我是什麼事。

「沒什麼重要的事，只是想找天碰個面。」

「那就明天晚上？」

「後天行不行？」我想起明天要帶外婆去吃飯。

「後天要看影展。」她說。「我有多的票，你要不要一起去？」

我一口答應後，掛了電話，拿出電腦準備工作。老人今天的話讓我耿耿於懷。我把下午唸給他聽的稿子拿出來又唸了一遍。出乎意料地，連我也覺得有點奇怪。我叫出今天才幫老人記下，還沒整理過的原始檔案。相較之下，今天記下的草稿雖然瑣碎而不連貫，但非常口語。而之前被我改過的稿子雖然讀起來很順，但句子顯得累贅，而且有些刻意。我決定先不修改今天的稿子，一切等明天錄完音，實際聽過了再說。

收拾好桌上的東西，我關了燈躺在床上。我注意到桌上有東西在亮。起床一看，發現錄音筆還在錄音。按下播放鍵後，我先是聽到電話鈴聲，然後是自己講話的聲音。少了電話那頭安惠的聲音，感覺很不真實。接著我讀起稿子。我以前曾經按住耳朵，想聽清楚自己的聲音，但那是跟講話同步的聽。我從來沒有講完話後，重聽自己聲音的經驗。我發現我的聲音很低，有點口齒不清，講了很多的然後、如果、其實、所以，而且時常出現一種好像在等待時間過去的停頓。我花了很大的耐心把故事聽完，然後坐回書桌，把稿子重新檢查了一遍，果然稿子正是這樣寫的。我拿筆把重複得太嚴重的地方刪掉，打進電腦存檔後，重新躺回床上。錄音筆仍在播放，雖然沒人講話，但是仔細聽，還是能夠聽見鄰居關上鐵門的聲音，還有貓叫、狗吠跟鍵盤聲。當聽到檯燈被拉熄的喀嚓聲後，我意識到周遭的黑暗，然後就什麼也聽不到了。

有天晚上，沙展吃完晚飯，看著天上的月亮，心裡突然有點激動。他轉身走回營房，拉開軍長的房門。

「怎麼了？」軍長問。

「表弟是不是該回來了？」

「該回來的時候就會回來。」

「我想回家一趟。」

軍長沒有理會，批閱著公文。沙展也沒有出去，兩手貼著大腿站著。

「派輛車，要高副官跟你回去一趟。」軍長闔上卷宗，打開另外一份，拿筆在上面圈點，「順便幫我問候你母親。」

「嗯。我自己回去就行了。」

當天夜裡，沙展沒有跟任何人告別，獨自牽著馬離開了部隊。他避開城市和鄉村，到達老家隘口的時候，臉上已經長滿了鬍子。村子一片寂靜，沒有一絲燈火。原本是家的地方成了廢墟。他走進屋裡，能用的東西全被人搬走了。廚房灶邊的兩塊墓碑，一塊裂了，另一塊則躺在地上。他在奶奶的墳前坐了一下，又循著原路回到部隊。自此之後，他更專心於打仗，戰場上的人對他來說都失去了真實感，他就像打靶一樣，用子彈把他們一個一個射穿。他打掉了無數的子彈，但他們還是沒有獲得勝利，敵人也沒有退敗的跡象。他忍不住問軍長，這場仗到底要到什麼時候才能結束。

「不管是誰贏了，戰爭都不會結束，只會以另一種形式繼續下去。」軍長說完，從軍服裡掏出本子，把這句話寫在上面。沙展打了個哈欠，軍長問他是不是累了，他搖搖頭說只是突然有點想睡。「我倒是累了。」軍長把本子放回口袋，拉了拉軍服，好讓它看起來平整一些。

轟炸機在日本投了兩顆原子彈以後，戰爭就結束了。部隊裡沒有人知道那到底是什麼做的，只知道是最進步的東西。沙展覺得奇怪，如果這東西這麼厲害，爲什麼不早點拿出來，讓戰爭早一點結束。胖副官笑他傻，「因爲那是美國人發明的玩意兒，如果是我們的，會有人敢來欺負我們嗎？」

反正，戰爭結束了。大部分的人都很高興。他不知道事情爲什麼會變成這樣。高副官告訴他這種高興只是一時的，不過他更同意軍長說的：「總不能要人一輩子難過。」

部隊一連休了好幾天假，沙展和大家一起上街看熱鬧。老百姓在街道上掛起布條，揮舞著旗子慶祝，穿軍服的他們受到熱烈歡迎。但也有些老小蹲在牆邊，面無表情，一副事不關己的樣子。

雖然很多人反對，但老大爺還是決定以德報怨。他得把全副心力放在治國。他需要人，很多人。攀親帶故，想在新政府裡搶到好處的人爭相加入。貪污腐敗讓局勢很快就變得一團亂。老百姓又失望了，他們不再相信政府，覺得政府裡面那些人只會搜刮他們的黃金，騙他們的錢，還把他們當傻子。他們轉而支持另一個陣營。與其都要窮，都要苦，他們寧可相信是爲了崇高的理想。

「這場仗，勢不可免。」老大爺頂著疲憊，在軍事會議上宣布。

「少打些仗，少死些人。停止吧。」一個將領說完，當場自請退伍，幾天之後就投向另一陣營。這讓其他的將領擁兵自重，新政府開出各種條件才換取到他們繼續支持。

軍長沒有參與這些，他不想再打仗，也不想跟新政府對抗。他從不主動出兵，只是消極地防守。沒想到此舉讓他得到老百姓的愛戴。對方陣營聽到這個消息，馬上調整了作戰策略，改口說軍長是思想上的同志，革命路上的伙伴。他們爲部隊送來糧食，甚至是彈藥，還發出聲明，請求軍長好好保護駐地的人民，希望有更多將領能夠以軍長爲榜樣，和人民站在同一個陣線上。

軍長對此沒有發表意見。一連三年，他駐守的地方沒有再起過任何戰事。直到老大爺派人傳話，說要親自來頒獎給他，還要上前線幫弟兄們打氣時，一切才有了改變。

「爲全體人類的福祉而戰！」老大爺的手諭裡這麼寫著。

老大爺抵達的那天晚上，部隊辦了餐會迎接。餐會結束後，軍長要高副官把沙展叫進房間。他從軍裝上把剛才領到，象徵著最高榮譽的勳章拆下，仔細摺好，然後交到沙展手裡。

「這些年辛苦你了，記得要做個好軍人，永遠不要對不起人民。」

「我不會讓您失望的。」沙展如獲至寶，將勳章小心地收好。

「收拾好了，你就也快走吧。」軍長對高副官說。

「報告軍長，今天時間晚了，我等明天再走。」

「好吧，隨你的意思。」軍長嘆了口氣，揮揮手要他們出去。

沙展摸不著頭緒，於是問高副官要去哪裡。

「不去，哪也不去。」

沙展一夜沒睡，摸黑到高副官的房間外偷看，只見高副官睜著眼睛躺在床上。他鼓起勇氣拉開房門，在胖副官的床邊坐下。

「你到底要去哪裡？」

「不說了哪裡也不去嗎？」高副官翹起一隻腳，架在另一隻腳上晃著。

「胖副官人呢？他怎麼不在？」

高副官起初說不知道，後來才說胖副官一知道老大爺要來，就帶著機密文件逃跑了。沙展聽完，不敢相信自己的耳朵。

「喏。這是我的妹妹。」高副官掏出懷裡的信封，拿出一張相片。相片裡的女孩很美，紮著兩根辮子，樣子落落大方。「她在上海唸書。本來，想說有機會介紹你們認識，看能不能給你當媳婦。」沙展把相片還給高副官，兩個人各自躺在床上，沒有再說話。

天亮之後，霧越來越濃。高副官捧著臉盆出去洗臉，順便幫沙展擰了條毛巾回來。好久沒有拿槍的弟兄們懷著恐懼和興奮，聚在集合場前，七嘴八舌地聊著之前打仗的事，但直到部隊集合完畢，都沒有見到軍長。

「你們軍長呢？」

老大爺披著披風坐在馬上。高副官低著頭沒有回答。沒有人知道他的去向。老大爺不想再等，於是號令部隊往前推進。

踏，踏，踏，踏。霧隨著整齊的步伐逐漸散開。拿著鋤頭和鐮刀的農民，見到部隊逼近，露出了緊張的神情。一整夜沒睡的軍長在霧中出現。他穿著睡衣擋在部隊前面，命令部隊撤退，不准再往前。

部隊頓時進退失據。

「陣前逃跑，格殺勿論。」老大爺的軍令從後方傳來。

一陣譁然之後，部隊又開始前進，和農民相望對峙。

「同志們，大家都是一家人，自己人不打自己人啊。」

對方用擴音器開始喊話。沙展好像看到了表弟。當他正準備揮手的時候，後方有人開了第一槍，接著又是幾聲零星槍響。沙展察覺到危險，想把軍長推開，沒想到高副官已經先一步擋在軍長前面。高副官看了看沙展，臉上只有無奈。然後子彈打進了他的額頭。

他仰起下巴，悠悠地倒在地上。

「你們是爲人民犧牲的，人民會永遠記得你們。」在擴音器的鼓動下，農民如潮水掩來。

「不是同志，就是敵人。」老大爺也找來了擴音器。

沙展闔上高副官的眼睛，把他背在身上。他試著尋找軍長，但軍長已經不見了。

「前進，不准後退，否則要開槍了。」

沙展沒有聽命，逕自往自己的方向，不一會兒就被人壓倒在地。他們用槍頂著他的後腦。他的臉貼著地，高副官腦袋裡流出的東西跑進了他的眼睛。他好像看到了高副官的一生，看到他的妹妹在擁擠的人潮中無助地張望。從來不害怕的沙展，第一次感到恐懼。他開始反抗，奪下抵著他的槍。當他有了槍，所有人都怕他，沒有人敢輕舉妄動。他把手伸進高副官的胸口，把信掏出來塞進口袋，然後被人從後面敲昏了腦袋。

他醒來的時候，已經被關進牢裡。

「局勢很亂，國家也需要你，只要你認罪，過去的事就一筆勾銷。來，你說，是不是軍長指使的？」負責審問的人勸他。

他根本不知道發生了什麼事。

「你不認罪，只會連累你的家人，還有其他人。」

他不爲所動。然後胖副官被帶了進來。他的樣子狼狽，渾身是傷。沙展瞪著他，一臉不屑。

他指著沙展說：「沒錯，就是他，我聽到他跟軍長說不會讓他失望。」

據說胖副官當天就被槍斃了，而沙展卻被放了出來。他被下放到一個運輸連隊。他們給了他一副扳手，要他從鎖緊車子的螺絲開始學習。他知道，要不了多久，自己又會被人抓起來，甚至可能連命都不保。

「爲什麼知道？」我問。

「知道又怎麼樣？知道是一回事，能不能承受又是一回事。你還年輕，不會懂這些的。」老人摳摳髮鬢，起身走向廁所。

再回來時，我已經收好電腦。

「對了。我今天有錄音。」我拿起桌上的錄音筆。

他接過錄音筆端詳了一下，「爲什麼裡面沒有裝錄音帶？」

「現在都是用記憶體的。」

他嗯的應了一聲，坐了下來。

「其實，我一下部隊，就逃了。開著隊上的吉普車，到了上海。問了好多人，才找到信封上的地址。那地方擠了好多戶人家。正在炒菜的大嬸告訴我，之前是有個女學生住樓上，不過已經很久沒見著了。我上樓敲門，結果是個男人開的。不知道爲了什麼，他哭得一把鼻涕一把眼淚。隨後一個抱著孩子的女人湊了上來，也是哭得稀里嘩啦的。懷裡的孩子睡得很好，看不出來有生什麼病。我問他們知不知道之前住這兒的女孩去了哪兒，他們都說不知道。關門前，那男的還向我賠了不是。

「我挨家挨戶地問，但是沒有半個人知道。我想不出辦法，也不想回去，連上那些人我全不認識，而且上海實在熱鬧。我從來沒見過街上有這麼多人，這麼多的百貨公司和舞廳。舞廳的外牆上掛的那些大看板，上面畫的女孩子一個比一個好看。我突然有個念頭，開著車經過一家又一家的舞廳。皇天不負苦心人，果然看到了畫著她的看板。其他小姐雖然也好看，但看多了，就分不清楚誰是誰。但她可不是，她有她自己的樣子，只要見過一次，就再也忘不了。

「我把車停下，決定進去找她。雖然是來報喪，但我還是向路邊賣花的大嬸買了一束花。舞廳門口的保安把我攔下，我說我有重要的事，非得進去找她。他們笑說每個人都說自己有重要的事要找她。高副官的妹妹在這個時候勾著一個男人走了出來。那男人肯定是個人物，身邊有幾個保鏢保護。她比相片上的樣子更美，穿著旗袍，還燙了頭髮，連路過的人都會停下來看她。他們坐上一輛黑色轎車，車子開走了以後，保安才把我鬆開。我趕緊開車跟著，他們的車在江邊的大樓前面停下，那男人幫她開門，牽著她走了出來。我拿著信封和花走向她。她看到了我，然後和男人講了幾句話，接著向我走來，從我的懷裡取了一朵玫瑰，塞給我一張鈔票，還叮嚀我天冷，別著涼。

「我把握住機會表明身分，把信封交給了她。她看完信後笑了笑，說我是認錯人了。我不相信，照片上明明是她，怎麼可能會錯。我叫住她，但聲音被往來的車聲淹沒。幾輛警車和軍車把我圍住，下來的人什麼也沒問，就給我上了手銬。我被押進車裡，在車上看著她。她又和那男人講了幾句話，然後看著我，搖了搖著手上的花。

「天空突然飄下細雪。雪對我來說沒什麼新奇，可是路上的人卻都很興奮，有人伸手去抓，還有人用舌頭去舔。看得我也想玩，但是沒辦法，我的手被銬在鐵桿子上。」

「剛才講的這段也要記下來嗎？」我問。

「這倒無所謂，只是剛好想起來，一段小插曲而已。我連她的樣子都記不牢囉，照片也不知道掉到哪裡去了。」

我從老人手中取回錄音筆。如我所想，錄音筆還在錄音。

有了昨天的教訓，我沒有耽誤時間，很快地回到家裡。我問外婆想吃些什麼，她還是說要在家裡下麵吃。

「今天要出去吃飯，不在家裡吃。」

我尋思著該去哪裡。汀州路上以麻辣火鍋店聞名，有些甚至要排隊預約，除此之外還有韓國烤肉、迴轉壽司、漢堡、義大利麵等，但都不太適合我們。市場或是夜市的小吃又嫌草率，而且太擠。我想起靠近基隆路的順園和維綸，兩家都有粥餅飯麵和炒菜。我曾經在順園見過一個老人獨自吃著小份的酸菜白肉鍋。我想應該是不錯的選擇。

決定了要去哪裡，接下來就是要怎麼去。

我們的家位在靠近河堤的小巷，除了住在這裡的人，平常鮮少有車進來。以前有個鄰居開自己的車接送大家，賺點小錢。像是去醫院拿藥、看醫生這種事，三四個老人一車，來回接送包含等待每個人只要一百塊錢。不過自從他去年因爲詐欺被通緝後，就再也沒看過他。還好有個外面的計程車司機接替了他的工作，價格比照之前，久而久之，那個司機還在巷子裡租房子住了下來。

我出門張望了一下，司機正好在雜貨店門口聊天。我請他載我們到餐廳，下車前他給了我一張名片，上面印了他的名字和電話。他說要回去的時候可以打電話給他，他會過來接我們，不用額外收錢。

在餐廳坐定後，我先點了一份酸菜白肉鍋，然後看著菜單，考慮應該點什麼才好。鄰桌全家出動的客人吃得很豐盛，鳳梨蝦球、豆酥鱈魚、宮保雞丁、蛤蜊絲瓜、糖醋排骨、蔥爆牛肉、醉雞、腸旺，擺滿了整張桌子。但這些菜對我們來說實在太多。最後，除了酸菜白肉鍋外，我點了兩個餡餅、一份抓餅、一碗小米粥，拿了黃瓜、燻魚和幾盤小菜。我不吃茄子，但記得外婆以前常把茄子煮得又軟又爛，所以也拿了一盤。

趁著酸菜白肉鍋還沒來，我幫外婆撕了一些抓餅。她嚼了幾下，覺得太乾，把餅從嘴裡吐了出來。我要她喝點小米粥，她喝了一口，然後說小米粥沒有味道。我爲她加了砂糖，結果她又嫌太甜。連酸菜白肉鍋都不合她的意。我問她到底想吃什麼，她說她還是要吃麵。我點了碗麵，但她又嫌麵煮得不夠爛。我按捺著脾氣請店家把麵煮軟，沒想到服務我們的阿姨不但不嫌麻煩，還很客氣，說很多長輩都有這個問題。麵再送上來後，外婆終於吃了，這讓我的心情好了許多。我看著她把菜渣吐在桌上。她不愛吃纖維，連橘子都要把白色的纖維全剝掉才吃。我以前也被她影響，直到學校老師糾正，才知道原來橘子不是這樣吃的。

我一邊吃著桌上的菜，一邊和她講著一些不著邊際的話。外婆喝完湯，把菜渣撥進碗裡，然後說她要睡覺了。我看看時間，剛好是八點半。我請店家把沒吃完的菜全部打包，在路邊攔了台計程車回家。到家的時候，先前載我們過去的司機先生還特地過來關心，嘀咕著爲什麼沒有打電話給他。

外婆睡了以後，我坐在書桌前，覺得非常疲倦。我吃了太多的東西，講了太多的話。很多時候，花錢比賺錢還累人。我洗了個熱水澡振作精神，然後一邊聽著今天錄下的內容，一邊對照著記下的稿子，但才做了一會兒就不想做了。我蓋上電腦，趴在桌上，在寂靜中聽著老人的聲音，好像他就在旁邊對我講話。我這才發現這是一個完全屬於他的故事。先前邊聽他講話邊記錄，或者聽錄音筆校對稿子的時候，我都沒有這種感覺。我原本以爲故事就只是故事，不屬於任何人，也可以屬於任何人，但現在我相信，每個故事都還是有它自己的主人。聽完今天的故事，我已經哈欠連連，把第四個信封收進抽屜後，躺在床上很快就睡著了。

5

沙展被押回部隊，隨後和裝備一起被送到船上。在暗無天日的貨艙裡待了幾天後，船艙有了劇烈的起伏。急促的腳步聲在他的門口停下，門縫透出細微的光亮，有人解開繞在門把上的鎖鍊，拉開了艙門。

「你，跟我們走。」

火把的光搖晃著眾人的臉，煤油的味道讓他想吐。他們取下他的手銬，但沒鬆開腳鐐，然後把他押上甲板。他的眼睛好久沒有見到光，連黑夜看起來也和白天一樣。他有點暈眩，跪在地上吐了幾口苦水。一個軍官用步槍的槍托在地上敲了幾下，指著大海。

沙展順著方向看去，海上有一匹馬。他認出那是老大爺的馬。

他們說那馬吃完糧草，在甲板上散步時，趁機跳水逃跑。船為了追牠而掉頭，一直追到現在還沒追到。他們決定殺了牠。不過風浪太大，只好找他幫忙。

「不過是匹馬。」

「讓牠活著回去到時候被拿來大作文章，船上的人都要倒楣。」

岸上亮起了探照燈。所有人看著馬朝燈光的方向游去。

「殺了牠。船一靠岸，我就放了你。」指揮官當機立斷。

沙展接過槍，先試瞄了一下，然後吸氣，瞄準馬的後腦杓子開了一槍。只見馬回頭張望，接著隨海浪的起伏，在視線中消失。他發現才不過幾天沒用槍，自己就生疏了。突然一個巨浪把船抬了起來，船上的人緊抓著欄杆，他把握機會，緊盯著準心，在船和馬成一直線時扣下扳機。

這次，馬停止了動作，靜靜地被大海吞沒。他回頭看著船上的人，他們緊閉著嘴，臉上沒有表情。沙展突然有點害怕，於是朝天空又開了一槍，眾人這才回過神來拍手叫好。指揮官依約放了他後，想起自己竟然下令殺掉老大爺的馬，便一直臥病在床。

沙展和其他人一樣被安置在甲板上，一開始還覺得新奇，但很快就感到疲倦。回去已經是不可能的，他只好和其他人一樣，閉上眼睛，咬牙忍耐。

船上有個經常到台灣做生意的北方人，為了給大家打氣，開始講起台灣的事。他說他喜歡台灣，因為台灣很溫暖，一年四季都可以坐在屋外跟人話家常，不像北方，冬天只能待在屋裡烤火，什麼也做不了。他又說台北很漂亮，馬路上種了很多樹，然後話鋒一轉。

「台灣人被日本人統治過，所以他們知道什麼是進步。清朝鋪的鐵路連火車都走不了，日本人三兩下就把問題解決了。不過我不喜歡台灣人。他們有些到現在還不敢相信日本會戰敗呢。」

北方人一講完，隨即有另一個人接話。

「老百姓哪管這些，大家只想過好日子，你們別因為日本人統治過台灣就瞧不起台灣人。我在台灣出生長大，還會講日本話，但是我一直覺得自己是個中國人。」

「說得好。大家都是一家人，分什麼你我，都是一家人。」

那個北方人激動地攬住台灣人的肩膀。

「是一家人，但是我可不是國民黨。」

台灣人話才說完，北方人立刻把他推開。

「那你憑什麼上船？他媽的你這個共產黨！」

「我什麼都不是。我在船上是要回家！」他回推了北方人一把。「日本人走了，國民黨來，說是光復，結果呢？物價飛漲。現在又說要禁航，以後連大陸也不能去了。生意不做沒關係，但是我怎麼回去祭祖啊？連日本人都不管這個，國民黨卻要管？把台灣搞得一團亂。不能說日本話，也不能說台灣話，我兒子新來的老師講的話連我都聽不懂，課本也改得亂七八糟，一下說皇帝好，一下又說革命好，怎麼可能樣樣好？以前日本人的課本說日本好，現在的課本說日本不好。我問你，日本怎麼會不好？如果不好，那老大爺去日本唸什麼書呢？」

「他奶奶個熊！」

他們兩個互搧了幾巴掌，扭打成一團，見一直沒人上來勸阻才自己罷手。

兩天之後，台灣終於到了。指揮官強打起精神，換上軍裝，神情緊張，見沒有人迎接，雖然有點洩氣，但病也好了大半。踏上陸地後，所有人又開始暈眩，甚至吐了起來。但沙展異常清醒，眼睜睜看著先前打架的那兩個人被人強行帶走。他想告訴其他人，但他們卻有意無意地避開他的視線。他突然有種預感：所有人都會在這裡死掉，沒人能活著回去。他並不悲傷，反而覺得有點幸福，跟著其他人一起坐上開往台北的卡車。

部隊在空地上搭起帳棚，當作臨時棲身的地方，等待著上面的命令。幾個喜歡到處亂晃的阿兵哥從外面帶回消息。

「所有的房子都被當官的給分光了。」

「官大住大房，官小就得搶，慢了就得兩三個擠一間房。」

「有些房子還有台灣人在裡面，有的說房子是日本人配給他們的，也有說是向日本人買的，還有人說是送的。不管怎麼說，全都被趕了出去。」

「聽說還有些狗官，占房子轉手讓給有錢人，搞了一大堆黃金。」

沙展並沒有參與討論，他只顧著認識這裡。他沒有去過其他的大城市，台北的一切都讓他想起上海。雖然跟上海比起來，台北像個小姑娘，但他喜歡這裡，尤其是晚上，涼風一吹，站在馬路邊，看著高高的椰子樹和天上的月亮，總覺得自己好像在做夢一樣。

最後，部隊奉命就地落腳。他和弟兄們在空地上建起汽車保修廠，還在附近替有家眷的弟兄蓋了眷舍。礙於物資缺乏，眷舍的空間狹小，一戶貼著一戶，除了前後的外牆用磚，中間就用木板、泥巴和石頭湊合著隔開。大家雖然不滿意，不過也沒有太多怨言。他們只把這裡當暫居的地方，沒把事情想得太遠。

過年的時候，部隊裡舉辦了聯歡晚會。上從部隊長，下到最年輕的小伙子都非常開心，大家一邊看著勞軍表演，一邊吃吃喝喝。但酒才一下肚，就有人說想家，想到沒能一起過來的家人，然後一把鼻涕一把眼淚地哭了起來。

同樣一個晚上，老大爺也正準備吃團圓飯，但他一點胃口也沒有。他做了一次禱告，勉強把異鄉的第一頓年夜飯吃完，打起精神，坐在書桌前把一切誠實地記錄下來。他相信遲早有一天，會有人看到這些日記。無論是想取代他的、反對他的、聽不懂他的國語的，所有的人都會知道，他有多麼委屈，又是多麼堅強。他繼續地寫。除此之外，他無計可施。

「我們明年一定回去。」

隔天早上，他在新年談話裡信誓旦旦地宣布。所有在現場和收音機前面的人全都忍不住起立鼓掌，而他前夜的失落情緒也在這種氣氛中消失殆盡。

「等等，您怎麼會知道老大爺做了些什麼？」

我覺得老人說的故事聽起來有點不合理。

「老周，是老周講的，他那個時候跟在老大爺身邊。他這個人，有時候是會撒謊，不過他的心地很好，這種事他不會亂講的。」

他的回答讓我有些煩躁。和前幾天相比，今天的故事已經多了好多人開口講話，現在又有個從沒出現在故事裡的老周，讓故事變成話中有話又有話，修改起來更困難了。我原本想告訴他這樣不好，但想想還是算了。我只是個代筆，越俎代庖只會給自己添麻煩。我想起吳亞麗，我的大學同學。她以前也做過代筆，幫一些寫真女星寫些迎合市場口味的東西，那時我還笑她竟然爲錢做這種事。可能是女孩子成熟得早，知道遲早要和現實妥協，還記得她一派輕鬆地回答：「搖筆桿總比搖屁股好吧？」

前陣子我在電影頒獎典禮的星光大道上看到她。她比印象中又老了一點，穿著小禮服，踩著高跟鞋，雖然不太會走路，卻有一份同行的女明星欠缺的氣質。我在那之後打了電話給她。我們還是像過去一樣聊天抬槓，只是提到她入圍的劇本時，她要我別再講下去，因爲那東西當初只是爲了拿輔導金寫的而已。

「你太謙虛了，入圍就是肯定，那也是專業評審選出來的。」

「其他人的東西我是不知道，但是我知道自己這本子寫得不夠好。評審有時候也是要妥協，才能讓人信服他們的專業。你懂吧？媚俗之必要。」

說完，她笑了，笑聲一點都沒變，然後我也笑了。以前她總是在咖啡店裡，一邊敲著鍵盤，一邊叼著菸調侃自己

「我啊，沒臉蛋，沒身材，但是幫那些女明星寫些有點情色，又不只是色情的東西，倒還挺有天分的……」我從來沒有跟她說過，其實我一直覺得她很耐看，是屬於越看越好看的那種女孩。

「你現在有沒有對象？」她問。

「沒有，還不知道自己到底要什麼。你呢？」

「沒有固定的。年紀大的女人，說想定下來是會嚇跑男人的。我都說我不結婚。」

「真的不結？」

「當然是假的。不過一開始一定得這麼說。你們男人吶，一下就被你們摸清楚還得了。我可沒有青春肉體來誘惑你們。媽的。」我聽到打火機的聲音。「反正現在也不急了，隨緣吧，就看哪天遇上囉。還是你要考慮跟我交往？」

我聽完忍不住笑了起來。

「什麼那麼好笑？」

我回過神，看著老人。

「喔，沒事，我剛在想事情。」

「在想哪個女孩子？」

「嗯？什麼女孩子？」

「沒事沒事，我瞎猜逗你玩的。」他擺擺手，然後笑了。

我意識到雖然才短短幾天，但在我瞭解他的同時，他也同樣在瞭解我。我是透過聽他講故事，而他則是在一旁默默地觀察我。

「剛講到哪裡了？」我把話題轉開。

「我忘了。」

我竟然也想不起來，最後還是聽了錄音筆才知道。

「我說我覺得有點不合理，然後你說是老周告訴你的。」

「是啊，怎麼了，有問題嗎？」

「沒有。沒事。」我把到嘴邊的話吞了回去。

其實沒有人規定故事一定要合理。我看過一些翻譯小說，那些作者也是想怎麼寫就怎麼寫，看完後覺得根本是在胡扯，但還是有出版社願意出版，甚至大力推薦。雖然如此，我看的大多仍是翻譯小說。對我來說，華文小說經常瀰漫著緬懷與感傷，無奈的同時又想要營造出虛假的美好。我不太喜歡那種與現實脫節的東西。

我收下信封，看看手錶，時間還很充裕。爲了晚上的影展不要遲到，我特地騎了摩托車。原本以爲會到得太早，結果因爲單行道和車位的問題耽誤了時間，趕到新光影城的時候，等待進場的隊伍已經排到樓梯口了。

我沒想到會有這麼多人來看影展，而且很多人戴著跟我一樣的黑色粗框眼鏡。我發現有些人的眼鏡沒有鏡片，只是用來裝飾而已。我低下頭，把眼鏡摘下來擦拭乾淨，突然有人拍了我的肩膀。

「不好意思，錯過一班車。等很久了嗎？」

我轉過頭，把眼鏡戴上。是安惠。一年沒見，她幾乎沒變。紮著馬尾，穿著牛仔褲和布鞋，背著一個大布包。她拿出自備的水壺，身上的紅夾克好像和我上次見到她時一樣。

「沒有，才剛到。你怎麼也戴眼鏡了？」

「以前比較少戴，最近眼睛有點不舒服。」

她喝了口水，把水壺放回袋子。人潮開始向前移動，我們沒有時間多聊，電影就開始了。

第一部電影是一部法國片，內容講述一個專門幫名作家代筆的寫手，想要擺脫名作家，自立門戶的故事。因為導演很有名，所以吸引了滿場的觀眾。電影結束十分鐘後，第二部電影要在另一廳開始，我趁空檔撥了電話回家，外婆正要睡了，我告訴她會晚點回去，然後掛了電話。安惠原本說第二場的觀眾應該會比較少，結果又是滿場。我想應該是放映時間剛好可以讓上班族下班後，吃完東西再來看的關係。這部西班牙電影是一個跟時光機器有關的故事。被丟進時光機器的男主角為了讓現實世界中只有一個自己，最後被迫殺人。兩部電影都很好看，離場時，我在觀眾評分表上都給了滿分的評價。

看完之後，我想起還沒吃東西，於是和安惠去吃了阿宗麵線。

「好看嗎？」

「還不錯，挺有趣的，」我端著麵線在牆邊蹲下，「我前幾天也買了一支錄音筆。」我之所以這麼說，是因為第一部電影裡的代筆寫手也在口袋裡放了一支錄音筆。在電影中，他讓路上偶

陪她走到捷運站後，我站在路邊抽了根菸。一旁大樓外牆上的大螢幕正播放著即將上映的好萊塢強檔片花。其實自從路口的天橋拆了，我雖然還是會來西門町，但很少注意它的改變。我想起以前那座口字形天橋的其中一角可以直接連到一家 KTV 或者是 MTV，店的名字我已經忘了，我曾經和一個修課認識的女生去過一次，可是細節卻不記得了。

我沿著中華路直走，廢墟前的告示牌讓我停下腳步。牌子上說這裡原先是日本人所建的寺廟，也曾被警備總部當作審問和拘留人犯的分處，後來發生大火，付之一炬。我覺得眼前的斷垣殘壁有點可笑。在台灣，很多該被保留的東西，在最該被保留的時候，不但不見政府保護，反而將其變造，甚至摧毀湮滅。結果很多東西不到一百年就完全消失不見了，不只是物質上的不見，還連帶從人的記憶裡消失，讓日後想要細究，也只能成爲一種幻想。

我嘆了口氣，找到停在路邊的摩托車。貼在後座的停車費單據上的時間，顯示收費員才剛走不久。我到便利商店繳清費用，突然想吃長老教會對面的沙茶牛肉，但繞過去的時候，店已經關了。我邊騎邊想著該吃什麼，忘了要在愛國西路左轉，只好從汀州路一路走到底，在思源街的警察局門口右轉，從橋下的便道回家。

外婆在房裡熟睡，還能聽到輕微鼾聲。我洗完澡後，泡了一碗泡麵，打開客廳的電視。電視正在重播《全民大悶鍋》，今天的主題是消遣政府接二連三的弊案和救經濟的口號。我對政治反感，政治人物的話也一概不信，我覺得他們的恨多過於愛，社會沒有因爲他們而變得更好，反而出現更多的不公平，更極端的對立。或許，他們就是希望這樣，以便獲取更多選票。手段不因目的而正當，但沒有人把這句話放在心上。我曾經很愛看大悶鍋這類調侃諷刺政治人物的節目，好舒緩一下不滿的情緒。不過，當我發現這類節目的製作單位也並非沒有立場，而是有一種更高明的立場後，也就不想看了。

我吃完泡麵，關上電視回到房間。原本想趁睡前把應該要整理的稿子好好看一遍，不過連看了兩部電影後，實在沒有多餘的精神再思考這些，只好延到明天再做了。

6

我知道自己是回不去了，但是我也不願意一輩子都待在部隊。所以只要一有空，我就開著部隊的車，去找我想要落腳的地方。我到過農村，去了海邊，都不太滿意。於是，我找了一個台灣人當嚮導，要他帶我往山裡走。山裡的空氣讓我覺得舒服，越往裡開，路也越來越小，領路的台灣人勸我回頭，不然天黑了以後會很難回去。我不聽他的勸，直到汽車再也開不進去了才停下。

然後，我遇見了我的老婆。她披著長髮，在泥巴路上遊蕩。我試著跟她說話，她沒有回答，只是滿臉通紅地對著我笑。我覺得自己在哪裡見過她，但是領路的人說她是山裡的番仔。

「只有番仔才會在白天喝酒。」

我聽台灣人說完，又看著她。她生得白白淨淨，五官又深又大又漂亮。真是個美人吶。她退了兩步，像兔子一樣，一溜煙地跑了。我把台灣人丟下，追進比人還高的草堆，結果不但人沒找著，自己還迷了路。我索性爬上山頂，找個背風的地方睡了一覺。太陽出來以後，雲海也散了。我看見了一個村落，起初還以為是在做夢。我找到村子，在外面東張西望，村落裡有男有女，有牛有羊。幾個男人向我走來。我們聽不懂對方的話，比手畫腳了一陣，差點打起來。最後，我只好下山找昨天的台灣人幫忙。他先罵了我一頓，然後開了一個離譜的價錢。

「太貴了。哪裡要這麼貴。」

「我告訴你，帶路跟當翻譯是不一樣的。」

「那也差不了這麼多啊。」

「隨你，我可是冒著生命危險幫忙。」

我付了錢，帶他回村裡幫我說明來意。原來之前要揍我的那個人就是那女孩的父親。他要翻譯問我想不想娶她，我高興地說那當然好。和他談妥聘金，約定好迎娶的日期後，我興沖沖地下山，直到回台北都還不太敢相信這一切。

婚禮那天，我帶著一票部隊弟兄上山。一開始氣氛有點緊張，直到洋人神父證完婚，大家一起舉杯道賀才輕鬆起來。我們圍著營火唱歌跳舞，吃掉好幾頭豬，喝光了所有的酒。我岳父這才透過神父告訴我，其實他一答應就後悔了，但是因爲聯絡不到我，所以只好算了。

「但是現在他覺得很好，他很開心，我，也替他開心。」

傳話的神父也已經喝得半醉。

「請告訴他，我也覺得很開心，謝謝。」我說：「來，乾杯。」

「好，很好，大家都很開心。」

我請了婚假，在山裡住了兩個星期。雖然不懂他們說的話，凡事只能猜個大概，但是我很喜歡那裡的環境跟作息。收假之後，我開口向弟兄們借錢，打算在山上蓋戶自己的房子。他們全都沒錢可借，還勸我別做傻事。

「你真的不打算回去了？」士官長問我。

「家裡沒人了，就我一個。」

士官長拍拍我的肩膀，把從收支組領出來的紙袋推到我的面前。我跟士官長不熟，他平常話也很少，我只好一直看著他，任眼淚在眼睛裡打轉。

解決了錢的問題，我又試著說服幾個去過村落的弟兄利用休假到山上幫忙。起初他們會答應只是爲了去看姑娘，沒想到他們蓋房子蓋出了興致，到最後來幫忙的人多到要開最大的卡車才裝得下。人來了那麼多，可是事沒有那麼多，大家只好自己找事做，不但挖了池塘，建了圍牆，還把路也拓寬了。看著大夥兒胼手胝足的成果，我有點後悔，或許當工人會更適合我。不過如果我不當軍人，就不會來到這裡。我沒讓自己多想，越想越複雜，反正一切都來不及了。

這段期間還發生了一件事，就是士官長幫我申請了一戶眷舍。我原本不想要，但他說未來的事很難講，先申請總是多個保障。出於尊敬，我也沒再堅持。房子撥下來後，我把老婆接了下來。有天我睡晚了，賴在床上不想去廠裡上班，結果聽見幾個鄰居太太在巷子聊起我。她們說我年紀輕輕，長得也不差，怎麼會娶山地人當老婆。他們講了很多我老婆的壞話，說她懶，睡得晚，不會做家事，炒個菜弄得像在打仗，還把米酒直接對著嘴喝。她是愛喝酒沒錯，但是我已經再三告誡過她，村子裡人多口雜，要喝酒等我回來，吃飯的時候一起喝，其他時間不要喝，她也答應了。接著那些三姑六婆講起老王家的閒話。老王的老婆不大講話，客客氣氣的，只是臉上刺了青，鄰居的太太們都管她叫苗子。每次小孩不乖，就嚇唬他們要找苗子來作法，搞得每個孩子一見到她就跑，還說是巫婆來了。可能是因為這樣，老王很少在村子裡活動，大都跟村子外邊那些賣菜的台灣人來往。聽完這些，我氣歸氣，不過為了街坊的和諧，只好忍著。又過了一陣子，我下班回來，有個鄰居太太拉著我講悄悄話。她說我老婆在家老是衣衫不整，幾個廠裡的小伙子常在門口張望。我知道這裡不能再待了，為了保護她，隔天我就先把她送回山上去了。

山上房子落成那天，我在院子裡擺了幾桌酒席，請所有來幫忙的弟兄們吃飯。酒酣耳熱之際，有個結了婚的弟兄抱怨起自己住的眷舍太小，隔音又不好，一點隱私也沒有。

「晚上左鄰右舍一起嗯嗯啊啊的，好像是在比賽一樣。」

他一說完就引得哄堂大笑。

「搬到這兒來，不就得了。」

「我家那口子會來才怪，整天打麻將。」

「不然你們這幾個來吧？」

「我可要等回去了才討老婆，老家還有人等著呢。」

說話的弟兄掏出照片讓大家傳閱。

「回不去的，都回不去的。」

我覺得自己喝多了，於是在草地上躺了下來。他們拎著酒瓶過來，又跟我喝了幾杯，然後大家開心地唱歌。我有點想家，還哭了一下。

隔天我一直睡到下午，起床時弟兄們都已經離開了。我加了件衣服出門散步，月亮出來得很早，門口的電線桿有著新伐下的味道。我順著水溝走了一小段路，循著聲音找到幾隻躲在草堆裡的青蛙。一輛轎車在我面前停下，三個穿白色短襯衫的男人從車上下來。

「上面想請你去談談。」

說話的男人褲子太短，皮鞋上面露出了一大截襪子。他用手指了指上面，驕傲的表情讓我不太舒服。

「你知道的，你最好跟我們合作。」

我轉身想回屋裡，才走沒幾步就被人拉住。我反手摔了那人一個跟斗，搶走剛講話的男人腰上的槍，三兩下拆了丟在地上。

「你們這是幹什麼。」理著小平頭的男人摳摳額頭，踩熄腳下的菸，蹲在地上，頂著肚子把手槍的零件一一撿起。我的老婆手上拎著兔子，正巧從岳父家回來。我知道自己非跟他們走一趟不可，於是拉開車門坐了進去。

我老婆停下腳步看著我們，小平頭的男人示意要我別說話，但我沒聽他的，把頭探出窗外。

「你先回去，別著涼了。我有事出去，別等我回來。」車子掉頭的時候，輪胎在路上壓出聲音。我從後車窗看著我老婆。她傻傻地站在原地，一直到我快看不見她了，才看見她走回屋裡。

我戴上他們遞來的頭套，沉沉地睡了一覺。醒來的時候，車子已經停了。他們扶我下車走了一段，然後有人幫我取下頭套，我才發現兩旁已經不是之前的人了。穿制服的門房問了我幾個問題，確認完資料，拿起記名板，打開身後的鐵門，要我跟著他走。鐵門後的走廊兩邊全是房間。他拿鑰匙打開其中一間，要坐在門邊的人往裡面挪一點，好讓我進去。裡面的人抱怨擠不下了，然後吵鬧起來。

「他媽的，造反啊。」

門房拿出棍子，把門敲得很響。

好不容易安靜下來以後，他往裡面瞧了一下，然後把門重重拉上，在板子上畫了幾筆，接著打開另一扇門，也要裡面的人擠一擠，結果換來一樣的回應。

「他媽的，全部給我站起來。」

他用背把我頂了進去，鎖上門後，還踹了兩腳，才拖著腳步離開。

三坪不到的房間裡擠了快二十個人，瀰漫著可怕的酸臭。我貼門站著，仰頭盡量朝上面呼吸。對面的牆上有排小氣窗，我踮起腳試著向外探，但是什麼都看不到。

「你是爲了什麼進來的？我是因爲偷藏收音機。」

一個肚子很大的胖子說完，其他人開始接話。

「沒有許可證罰錢和列管就好，一定不是收音機的關係。」

「你們懂個屁，他們抓人根本不需要原因。」

「別理他們，我老婆的舅舅在國防部當副部長，很快就會把我弄出去。」胖子壓低了音量對我說。

「那可不一定，靠山也得山不倒。」說話的那人伸了懶腰，起身活動筋骨。

「你不睡的話，那位子讓我躺一下吧，我一天沒睡了。」胖子說完，挺著肚子擠過我，在牆邊躺下。「我起來就換你。」

話才說完沒多久，他就睡著了。

我們一邊聽著他打鼾，一邊有一句沒一句地繼續講話，像是聊天，又像是自言自語。有時安靜太久，氣氛就會變得詭異，然後就會有人忍不住咒罵胖子太吵，但胖子睡得跟死豬一樣，連有人拿臭腳放在他的鼻子上都沒有醒來。如此循環到快天亮的時候，我真的受不了了，索性用腳撐地，背靠著牆壁，睡了過去，直到門房又來敲門才醒。

門房唸了幾個人的名字，他們被叫出去後，房間稍微空了一點。之後他又送來一個新人。胖子問他話，他卻不回答。後來才知道他是台灣人，因爲國語講得不好，所以不想開口。

「聽得懂就好，這裡沒有人講得好，全都怪腔怪調的。」

一個山東人說完，大家笑成一團，他這才卸下心防，告訴我們他本來在銀行上班，有個同事因爲被懷疑是共產黨而被通緝。

「但是那跟我沒關係，我不是共產黨，我是有跟他吃過幾次飯，不過什麼都不知道。」

「共匪怎麼會讓你知道他是共匪？」

山東人說完，另外一個山東人說共產黨也沒有這麼壞，他的堂哥就是共產黨。來台灣以後，大陸上的家人都是靠他在照顧。

「如果共產黨這麼好，那你幹嘛要來？」

「我是去挑水，在路上被抓來的。我才不想來。俺老家窮是窮，不過也沒什麼不好。」

大家七嘴八舌地討論起來，直到門房拿警棍來敲門才安靜。

審判開始的那天早上，我們被帶進一個大房間裡。審判官的年紀很輕，頭髮抹得又油又亮，手上戴著金錶。他輕聲細語地要那個台灣人上前，然後唸出他的罪狀。台灣人原本一概否認，但提到他被控利用職務之便，預支薪水，囤積日用品的時候，他變得有點結巴。

「那時候東西一天起價好多次，如果不想辦法買，馬上就買不起了，啊大家都這樣。」

「犯罪就是犯罪。」審判官突然拍桌，錶釦還因此彈開。他扣上釦環，帶著怒氣往我們這邊瞥了一眼，然後等著台灣人反駁。但是台灣人沒有再說話。審判官轉開鋼筆，在卷宗上寫了幾個字，示意兩個穿制服的大漢把他帶走。

輪到我之前，審判官上了個廁所。他擦乾手，翻開我的卷宗。

「你說，我們回不去了？」他的話很讓我驚訝，我記得那天邀請的人都是好朋友。「你承不承認？」

「是又怎麼樣？去年說要回去也沒回去。」

「你最好注意你的態度。」

「你這龜兒子打過仗沒有？」我指著他的鼻子問。

他楞了一下，隨後露出不屑的笑，開始在卷宗上寫字。我忍不住用家鄉土話罵他，意思是我不但要肏他媽，還要肏他奶奶，還要在路邊肏給大家看。他沒有制止我，寫完之後才把頭抬起來。

「我根本聽不懂你在說什麼。」

「反正我沒罪，什麼罪都沒有，我肏你這小白臉。」

所有人都笑了。他把卷宗闔上，推到桌邊。

「如果你沒罪，那全部的人都沒罪。」

兩個大漢把我雙手反折，推出了房間。

我被押上卡車的時候，台灣人已經坐在裡面，我想和他講話，但是被看守的人阻止，他們說所有人禁止交談。接著胖子上了貨車，身後還有一個人。

「這是我老婆的舅舅。」

「給我閉嘴！」

胖子不但被喝斥，還被槍托打了一記。

他舅舅的頭髮又髒又亂，臉上全是鬍渣，衣服一半露在褲子外，一點也沒有高官的樣子。卡車一坐滿就發動了，途中偶爾能聽到火車的聲音，熄火後，四周只剩蟲鳴鳥叫。拿槍的軍人拉開車蓋，命令我們全部下車。

「你，你，你，還有你，上這台，後面四個上那台。」

我們爬上台車，順著鐵軌被拉到山邊。幾個正在抽菸的軍人手裡拿著槍，要我們自己下車往前面的坑走。我、台灣人、胖子和他舅舅在坑前排成一列。坑裡躺了很多人，有的死了，有的好像還沒。碰的一聲，胖子的舅舅掉進坑裡。胖子兩腿一軟跪在地上，兩旁的衛兵試著把他拉起來，但是他一直掙扎。不知是有意還是無意，他滾進了坑裡。我撇頭不忍再看，幾聲槍響後，我回過頭，他的眼睛已經失去了神采。

槍再度上膛。我的心沉得很厲害，脖子起了雞皮疙瘩。台灣人在這個時候舉起雙手。

「我要翻供。」

我稍微鬆了口氣。那台灣人出奇平靜，原本的憨厚也不見了。

「我知道你們要抓的人在哪裡。」

「他媽的，別說謊。」

中尉請來一個上校，兩人講的是他們家鄉的土話，雖然我在部隊聽過，但只能猜個大概。

「他們好像要把你送到保密局。」我說。

台灣人被拉到一旁問話，然後就只剩下我了。我以前以爲自己不怕死，戰場上我什麼沒見過，沒想到現在竟然會這麼害怕。我閉上眼睛，兩腳不停地抖。然後，突然起了一陣大風，有東西沾在我的臉上，我睜開眼睛，一度以爲飄雪了，結果是芒草上的花。花落在我的身上，還把坑裡的屍體撲成了白色。

「你知道然後怎麼了嗎？」

直到問題從鍵盤上敲出來，我才知道老人是在問我。

「不知道。」

「我哭了，但沒流眼淚。想想時間過得真快，從和表弟一起離家，跟部隊跑了大半個中國到台灣，一轉眼十幾年過去，好多事我連想都還來不及想就忘了。」

老人拿起茶杯，喝了口水，再放回茶几。

「我越想越氣，索性轉過去看著他們，要他們向我開槍。我知道他們在害怕，知道自己這樣做不對，所以一直不開槍，想拖時間，拖到長官來罵他們，然後他們就會開槍，他們會說那是長官要他們開的，不干他們的事。他們每個人都是劊子手，但是每個人也都想推卸責任。」

我握緊拳頭，然後鬆開，連續做了幾次，把手放回鍵盤上。

「然後？」我等著他繼續說下去。

「然後，他們沒殺我，不然我就不會在這裡跟你說話了。」我笑了笑，兩手一攤。

「今天到此爲止吧，我有點累了，剩下的明天再說。」

聽老人這麼說，我覺得這樣也好。昨天，前天，幾天前就該完成的工作我也還沒做完。自從幫老人工作以來，我像個上班族一樣，少有自己的時間。於是我利用這個意外多出來的空檔，去了趟咖啡店。

我選了靠窗的位置坐下，服務生送來水和菸灰缸。

「一樣嗎？」

「對，謝謝。」

我打開電腦。雖然進度比預期的慢，但是知道了故事的前後關聯，修改時的心情也篤定許多。我一直改到故事裡出現了外省人和台灣人才停下來喝了口咖啡。咖啡已經涼了，我點了根菸，試著把這些過時的稱呼改成符合現代的用法。突然間，我覺得自己很虛僞，而且意識到這種虛僞已成爲一種本能。我蓋上螢幕，看著對面牆上的照片。我前幾天才想到它們。仔細一看，波赫士不是盲了眼嗎？海明威是否這把獵槍自殺的嗎？還有那個騎著摩托車讓人拍照的人，他一定是個誰，但到底是誰呢？

我看了看其他的客人，然後又把螢幕打開。我想是我自己太敏感了。外省人、台灣人、中國人，這些字眼雖然因爲時代改變而有不一樣的用法，但在過去的確代表著不同的意義。我知道這沒有什麼好避諱的，卻還是對此感到厭煩。如果我是讀者，看到書裡提到這些，一定會把書擱下，再也不看。我不想讓這個故事變成政治的犧牲品，但這似乎不是我該管的。

看看時間，竟然已經八點。我匆忙買單，騎著摩托車到隔壁巷子買了燒臘便當和烏龍綠茶。到家時剛好趕上外婆就寢時間，我向她道了晚安，替她關上電燈，然後一邊看著電視上重播了幾百次的搞笑片，一邊吃著便當，配上冰涼的綠茶，覺得通體舒暢。

7

「你做過惡夢嗎？」

我點頭。

「可怕嗎？」

「還好，因爲醒來以後，就知道那是假的。」我打開電腦，按下電源。「不過我很少做惡夢。」

「有些惡夢醒了知道是假的就沒事了，但有種惡夢是醒著的時候做的，既然醒著，自然沒辦法再醒過來。那是最可怕的惡夢。」

我聽朋友說過，他有個朋友的表舅一覺不醒，醒來時說他夢到自己在夢裡睡著了。他開始睡的時候，女兒還在老婆肚子裡，醒來時已經大學畢業在工作了。他老婆等了他二十幾年，他卻完全不記得她，結果他老婆崩潰被送進精神病院，他們的女兒則很快找到對象嫁了。至於他，最後出沒在龍山寺一帶，逢人就說不知道自己爲什麼要醒來。朋友後來承認主角其實是他的親叔叔，原先是想保護他所以說是別人的故事。聽完之後，我連續三天失眠，就怕日有所思夜有所夢。如果是我睡這麼久，醒來的時候，外婆肯定已經死了，也或許她死了之後，沒人照顧我，讓我被蟲給吃了也說不定。

「我們昨天講到哪兒了？」

老頭子的聲音把我拉回現實。

「講到爲什麼沒被槍決。」

「你準備好了嗎？」

「好了，開始吧。」

原來，那個上校是軍長的舊屬。他一眼認出我來，先在阿兵哥面前打了我幾個耳光，然後以訊問爲由，把我帶離刑場，趁夜送進軍長住的地方。

上校打開皮箱，我狼狽地從裡面爬了出來。車子的顛簸讓我渾身痠痛。沒穿軍服的軍長不像軍長，看起來非常疲憊。他原本認不出我，直到上校提醒才把我招到跟前，對我說：「好，好，平安就好，平安就好。」

「看看是誰來了。」

接著，上校把曾經當過老大爺侍衛的老周介紹給我認識，他是因爲喝醉闖禍才被調來這裡的。老周說這裡沒什麼規矩，只有一個規矩，就是不能出去。

「門內我負責，門外歸憲兵。只要你別出去，我保證你平平安安。」

隔天早上，軍長的精神好了一點，他吃完早餐，要我搬凳子坐在書桌旁邊陪他。他一邊寫東西，一邊和我聊了一些過去的事，有些我記得，有些一點印象也沒有。我起初不懂，只知道實話實說，沒想到卻惹毛了他，還指著我的鼻子大罵。我只好向他道歉，說是我記性不好，事情的確是他說的那樣，他才稍微平靜下來。

趁軍長午睡的空檔，我把事情告訴老周。

「就順他的意思吧，他也怪可憐的。」

等待的時間難捱，我每天在屋子裡胡思亂想，沒多久就老了好多，但軍長卻是越來越有精神。他的作息規律，吃完早餐，就在書桌前寫東西，不吃午飯，只睡午覺，醒來之後把寫好的東西做些簡單的修改，有時候一整天跟我講不上一句話。久了以後，我覺得無聊，既然他不需要我，那我也應該可以離開。我找老周商量，但他說就算出去，我也回不了家，只要被人看到，又會被抓，到時候不只上校，連老婆都會被我連累。

「那你幫我個忙，幫我帶話回去。」

老周原本答應，想了一下，又說：「我想還是先別聯絡，你老婆知道你還活著，肯定更不好受。」

有天早上，我才剛起床，就見到軍長穿著整齊的軍裝在書桌前寫字。我好久沒看他穿軍裝，一時間過去的事全都在眼前湧現，於是紅了眼眶。軍長看了我一眼，拿起桌上的本子說：「你來得正好，我終於寫完了。」他翻開本子從頭開始朗讀。我穿著睡衣，從白天聽到半夜，全部唸完後，我累得要命，才一躺上床就睡著了。

隔天一早，老周把我搖醒。

「軍長，在走廊上，死了。」

我從床上跳了起來，衝出房間，只見軍長趴在地上，身上還穿著昨天的軍裝。我們合力把軍長抬回床上，拿了條床單蓋上。我跪在一旁，心裡雖然不好受，但也沒有想像中難過。上校接到通知後趕來，和老周在房裡談了很久。

「你進來一下。」

我推開房門，軍長已經被塞進皮箱。他們向我保證會將他厚葬，然後要我穿上軍長的軍裝，希望以後由我來假冒軍長。

「你們瘋了。」

「你先聽我說。」老周說。

「你們瘋了。軍長死了，我要回家了。」

「每個人都以為你死了，你老婆也是。」

「等我回去，她就會知道真相。」

「窩藏罪犯，她也得坐牢。」

「就算不找她，我也要走，被抓也好，沒被抓也好，我就是要走。」

「走？你能走去哪兒？」

「反正我不蹚這種渾水。」

「上校救你一命，我不但知情不報，還收留你。你是不是真的要恩將仇報？」

「這消息現在傳出去，一定會有人趁機造反，國家絕對不能亂。」

「是啊，不能只爲自己，也要爲大局著想。」

「這樣行不通的。」

「當初救你一次，你就當還我一次吧。」上校說。

我以爲這個漫天大謊很快就會被揭穿，沒想到一個月過去，根本沒人發現。我不想再演也不想再等，這根本沒有意義，只是在浪費生命。

「我老實告訴你，其實我去看過你老婆。」

老周叼著菸，劃開一根火柴。

「是嗎？你有沒有跟她說我還活著？」

「沒說，她根本不知道我去過。」

他把菸盒遞了過來，我搖手拒絕。

「她好嗎？」

「她懷孕了。」

我簡直不敢相信自己的耳朵。

「你聽我說，你是要做爸爸的人了，不能只考慮自己，該爲老婆孩子打算。」

「不出去要怎麼幫他們打算？」

「你留在這裡，我會拿些錢幫你送去，就當補貼家用。」

「我不要你的錢，你哪有錢。」

「是軍長的，他有官餉，你現在就是軍長，拿他的錢也不過分。」

「是軍長的，我更不能拿。」

「你就當我拿了軍長的，然後再給你不就得了？你不拿也沒人拿，不如給孩子買奶粉。」

「我還是覺得孩子要有爸爸比較好。」

「哪個孩子沒爸爸？你就是爸爸，沒見面而已。而且孩子是跟媽的，有媽就好了。」

隔天早上，老周出門送錢，沒多久就回來了。

「怎麼這麼快，你不是去山上？」

「山上？沒有，她早下來了。」

「怎麼沒聽你說？那她住哪兒？」

「住你原來住的地方。山上不方便，如果出了萬一，哪有醫院？」

「你去告訴她，有事可以找士官長幫忙。」

「這事越少人知道越好，省得麻煩。」

算算時間，老婆該要生了。我催老周去探望，他回來的時候，手上拎了酒菜。

「是個男孩，母子均安。」

「像不像我？」

「兒子還能不像父親的嗎？」

他敬了我一杯，我爽快地乾完，巴不得立刻看到兒子。但是說也奇怪，有了兒子以後，我的考慮也多了起來。

「明天幫我照幾張相片回來。」

「恐怕不行，鄰居已經起疑了，那些三姑六婆。等過陣子再說吧。」

「沒關係，你說的也有道理。」

孩子半歲的時候，老周終於帶回了照片。

「怎麼是你抱著孩子？他媽呢？」

「你老婆不肯照相，我好說歹說才說服她讓我把孩子帶到照相館。」

「怎麼不太像我，也不像他媽，像誰來著？」我看著照片問。

「這麼小哪看得出來，男孩子通常長得像舅舅。」

「有沒有我岳父他們的消息？」

「有聽你老婆說要帶孩子回家過年。」

「是該要的。孩子該要跟家裡人多來往，以後才會親。」

我想起舅舅剛結婚那幾年，大家住在一起，真的很開心。

有了照片以後，思念變得容易了些，孩子一下子就到了上學的年紀。我後悔自己當年沒唸書，決定把孩子送進最好的學校，從小就把基礎打好。

「跟我老婆說，書要唸好，可是品行也很重要，要教他做人基本道理。他喜歡什麼都買給他，但是不能弄刀弄槍，要她千萬記著。」

「你放心，我會跟她說的。」

「我是個大老粗，你幫我多費點心。如果是錢的問題，我會想辦法。」

「錢不是問題，只要你留在這裡，供到他出國留學都不是問題。」

兒子上完一年級，老周說學校的校長是個女國大代表，很喜歡我兒子，知道我們家的狀況後，想收他做乾兒子，還希望他能夠住校，給他特別的指導。

「你怎麼看？」我問老周。

「環境不一樣，發展也不一樣。留在眷村裡，難免有樣學樣。」

「那就送去學校吧。對了，你說是哪個國大代表？」

老周想了想，從電視櫃下翻出報紙，找到一張模糊的大合照。

「人家可是名門望族，父親和哥哥以前都是大官，現在全都在美國。」

「爲什麼她不也一起去？」

「總要有人留在這裡維持勢力。」

兒子住校後，老周就更少去探視了。酒櫃裡的相片越來越多，老周說兒子的心地善良，但就是愛跳舞，不學好。果然，高中唸完，沒考上大學。我接連好幾個晚上都做夢，夢裡的我差不多就是兒子的年紀，懷著滿腔熱血和弟兄們一起在戰場上打鬼子，連死都不怕。醒來後，我請老周想想辦法，看能不能讓他不要當兵。老周要我儘管放心，因爲夫人打算送他去美國唸書。

「他在台灣都唸不好了，還要去美國唸書？」

「家裡有錢有權，不會唸有什麼關係，人家還拜託你來唸。」

「那他媽怎麼說？」

「她當然高興，誰不盼望兒子有好發展？天下父母心呀。」

「兒子去了美國，她怎麼辦？」

老周楞了一下，然後說：「我難道沒說你老婆也要一起去？」

「沒有，從來沒說過。」

「夫人年紀大了，需要人照顧，在美國的家人希望有人陪她一起過去。」

「他們就這樣去了？那我呢？我怎麼辦？」

「搞不好去去就回來了，也說不一定。」

接著老周說了很多美國的事。我告訴老周我不喜歡美國，軍長說美國人跟共產黨一樣，說要幫忙卻故意幫倒忙。他說我太落伍了，台灣現在什麼都靠美國，沒有美國，我們就不會有今天。

「他們出發之前，你幫我安排一下，我想跟他們碰個面。」

「我問過了，她啊，她不同意。」

「不同意？」

老周見我不高興，打起圓場。

「她的指望全在孩子身上，可能是怕你連累孩子，你要體諒她。」

「我是想把放在你那裡的錢全提出來，當面交給他們。」

「有夫人在，他們不會缺錢的。」

我堅持要他把錢送去。送去之後，我再也沒有他們的消息。老周幫我打聽到地址，連信也幫我寫了，卻一直沒收到回信。

「沒辦法，天高皇帝遠。」老周說。

我一直等，信沒等到，卻等到一份只有黑色，沒有其他顏色的報紙。

老大爺死了。一場大夢醒了。

電視上披麻帶孝的人跪在路邊，痛哭流涕。可是我不但不難過，反而鬆了一口氣。我想起好久沒見的士官長、老王和鄰居們，又想起表弟和更早之前遇見的一些人，一轉眼我們都老了。我盯著電視，突然有點鼻酸。命運弄人，老大爺命好，兩腿一蹬就走了，身後的人如果能把他哭活的話，一定要叫他回來把事情說清楚。

「這下子我們的好日子也過完了。」老周說完，掉了幾滴眼淚。

那天晚上，老周帶了一桌子酒菜回來。我們一邊看著電視，一邊吃飯喝酒。我隱約知道吃完這頓飯，我們就要分開了。老大爺死了，被他軟禁的軍長就自由了；軍長自由了，我也就自由了。

「這麼多年交情了，喝完這杯酒，我有件事要跟你坦白。」老周把杯裡的酒一飲而盡。「我要去美國了，我在那邊工作的兒子擔心我，打電話來要我過去。」

我從來沒聽說他有兒子在美國。他說以他這種出身，如果給人知道有孩子在美國，反而麻煩。我向他恭喜，還說以後到美國找老婆孩子時會去看他。

「是啊，是啊，到時候一定要來。」

他又把杯子添滿。

「這些年我們都辛苦了。」

我們乾了一杯。

「來，再喝一杯。」

我才舉起杯子，他已經把酒喝完。

「對不起，我騙了你。」

「騙我什麼？」

我吐著酒氣。

「你的老婆孩子沒去美國。」

一陣不祥的預感閃過。

「她改嫁了。那時候沒告訴你，是怕你情緒不穩做出傻事。」

「我兒子呢？他知不知道自己的身世？」

「沒有兒子。我騙你的。」

「我不信，這麼多照片，不可能假。」

「那是我兒子，是爲了你特別去認養的，不然誰會讓我從小拍到大？」

「我說老周啊，你到底什麼時候講的是真話，什麼時候講的是假話啊，把我都弄糊塗了。」

他再三向我保證，這次是真的。

「他媽的，我肏他媽這賤人。」

「你冷靜點，她以爲你死了。不改嫁你要她怎麼辦？如果是我女兒，我一定要她改嫁。她能找到對象，你該給她祝福才對。」

「別說了。」

我推開紗門，到院子透氣。

外面已經冷了，林子裡有些怪聲，我試著要找，卻什麼也沒找著。一抬頭，滿天都是星星。

我跪在地上，最後乾脆躺下，看著天上心想：我啊，沒爹沒娘，一個人過了這麼多年，有沒有老婆孩子又怎麼樣呢？日子還不是一樣要過？人生不過是場夢，沒什麼好計較的。

我拍掉身上的雜草，回到屋裡。

老周坐在客廳，見我要進房間，開口把我叫住。

「來，過來，我有些話想跟你說。」

我在沙發上坐下，沒正眼看他。

「你別擔心以後，房子就繼續住著，還有這個。」

他把放有存摺、印章和證件的盒子推到我面前。

「每個月都會有錢匯到戶頭，要用就自己去領，但是千萬記得要用軍長的名字。別跟自己過不去。」

他穿上夾克，卻也沒走，猶豫了一下，然後向我鞠躬，還握住我的手。

「你好好保重，我一定會回來看你的。」

「沒事。你走吧。」

他遲疑了一會兒，跟我說完再見，就提著行李走了。

我後來在電視上見過他，他成了作家，旅居美國，專門寫些大人物的秘辛。

「大概就是這樣了。」

聽完今天的故事，我的心情有些沉重，默默地把東西收進袋子。

「明天，明天不用來了。」

「好，那我後天再來。」

「不用來了，該講的我都講完了。」

我不明白他的意思。

「講完了？」

「之後沒有什麼好講的，每天都一樣。」

「可是前面也還有很多地方要修改。」

「要改什麼你自己改就行了。」

「還是要你看過才行。」

「不用。我也沒這個時間，等等有人要來找我，我見完就要走了。你在這兒坐一下，我拿個東西給你。」

他回房拿出一個紙袋。

「這你收下，如果沒有你，也沒人會幫我寫這個故事。一點心意。」

紙袋很沉，我拉開封口，裡面是一紮一紮的鈔票。

「不，這我不能拿。太多了。」

我把紙袋放在茶几上。

「這有什麼好推託的，收下吧。」

「真的不行，你之前給的已經夠多了。」

電鈴聲在這個時候響起。

「唉，你先去幫我開個門吧。」

我推開紗門，天色接近黃昏，幾隻燕子低空飛過。

一位女士提著公事包站在門口。

「請進。」

我領著女士進屋後，到廚房倒了杯水，出來的時候，茶几上攤著一本卷冊。

「你幫我看看。」老人說。

我翻了幾頁，裡面是一些從原始文件翻印過來的地籍和建物所有權資料。

「這房子已經被指定爲古蹟，未來將會進行修繕，還有一些保存再利用的計畫，希望您能配合。」

「配合？」老人質疑，「你聽好，我在這裡住了這麼久，你們從來沒理過我。」

「我想您的問題應該是社會局的業管範圍，我今天是代表文化局來的。」

「你們根本不尊重人，那還談什麼古蹟？空談，都是空談，表面功夫而已。」

那位女士沒有說話。老人把頭轉向我。

「剛剛這些話，有沒有記下來？」

「記下來？」

我被他搞混了。

「沒關係，這只是初次拜訪，我們會再過來跟您溝通的。」

「不用了，隨你們吧，沒什麼好溝通的。反正我也要走了。以後隨便你們怎麼搞，我也管不著了。」

「那我就先告辭了。」

那位女士離開後，老人從沙發上起身。

「好啦，我也要走啦。」

「我不懂。你爲什麼要走？」

「這裡不需要我了。」

「我還是不懂。」

「現在不懂沒關係，以後你會懂的。」他從衣帽架上選了一頂帽子戴上。「怎麼樣？好不好看。」

「還不錯。」

「你自己的東西記得拿，等等別忘了。」

嘰——啪—啪—啪。

一個不注意，老人已經不見，只剩紗門來回擺盪著。

「喂，等等。」

我連忙跟了出去，但是巷子裡已不見他的蹤影。我追到路口，一台計程車從面前經過，我直覺老人就在車上，於是在後面拚命地追，路邊的野狗見我在跑，不但緊跟著我，還不停地吠。我一直追到再也追不上才停下，喘著大氣，回頭一看，沒想到竟然跑了好長的一段距離。

8

劉哥站在火鍋店門口。我才穿過馬路，他就迎了上來。

「小華呢？」我問。

「已經在裡面了，進去吧。」

小華是我大學時的室友。我們都是沒有住宿資格，花錢從別人那裡頂下宿舍床位的黑戶。當時我們交情還算不錯，外公過世後，我搬回家裡，就很少再聯絡了。他在當兵的時候跑來找我借錢，說要幫父親還高利貸，我把戶頭裡的錢全提出來借給他，然後他消失了很久才又出現，據說是在路上被人追債時，載他的計程車司機把車開進死巷，結果兩個人一起進了醫院。

「我在病床上想了很多，欠債還錢是沒錯，但總要給人留條活路。」

出院後，他開始做高利貸。他強調是比較有人性的高利貸。他拿了厚厚一疊鈔票還我。我說他沒借這麼多，他說連本帶利也差不多。

小華皺著眉頭，把盛火鍋料的盤子一一擺放整齊。

「到啦，怎麼來的？」

「搭計程車來的。」

「從哪裡？」

「森林公園那裡。」

「塞車嗎？」

「有點，」我拉了椅子坐下，「怎麼會突然說要吃飯？」

「怎麼，你有約嗎？」

「沒，接了個案子，剛從客戶那裡忙完，出來就接到電話。」

「你看你旁邊是誰？」

那人戴著一副斯文的眼鏡，短髮上抹了髮膠，一臉聰明。我不覺得自己認識他。

「他以前開一台銀色的跑車。」小華提醒我。

我想起以前小華有個朋友，把一台雙門跑車開進宿舍，堵在正門口，還驚動了教官和校警。

「開雙門的那個？」

「才剛回台灣，就說要來吃火鍋。」小華說。

「你好。吉米。」吉米起身和我握手。他的手上掛著一條鮮黃色的橡皮手環。

「酒勒？怎麼還沒來？」

小華敲著桌面。劉哥連忙從椅子下面拿出帶來的紅酒，粗魯地拆掉封口。

「喝這個幹嘛？去拿幾瓶台啤。」

劉哥把紅酒收好，從冰櫃裡拿來兩瓶啤酒，爲我們把酒添滿。玻璃杯上印著紅色的飲料商標。

趁著啤酒的氣泡還在，小華說了幾句祝福的話，然後領著大家乾杯。

「好了，開動吧。」

小華把盤裡的肉放進鍋裡涮了幾秒。肉的表面半熟，血水快要卻又沒有滴出來。

「喏，吃看看，這裡的招牌。」他把筷子伸向我。我楞了一下，張嘴接下。肉是溫的，像是牙齦流血的味道。他自己吃完，要吉米也試一下，但吉米推說不餓，只是想來吃這裡的招牌肥腸和手工花枝丸而已。

我覺得有點噁心，想要喝酒，卻被小華制止。

「喝酒不要一個人喝。」

小華拿起杯子向吉米催酒。

「他現在啊，是個作家。」小華把酒乾了，調侃起我來。

我不想談這個話題，還好隔壁桌的客人突然喧鬧起來，讓他不得不停下來。原來是慶生。他們唱完生日快樂歌後，吉米和我的手機同時響起。

我接起電話，是外婆。她說她要睡了，叫我早點回家，還要記得鎖門。吉米拿著電話走到店外，回來之後不好意思地說工作上有點急事，得先回飯店處理。

「看等等約哪，我再過去。」吉米拎起掛在椅背上的外套。

小華放下筷子，撕開裝毛巾的塑膠袋，把嘴和手擦乾淨，「那就一起走吧。」

「幹嘛這樣，你們繼續吃啊。」吉米又坐了下來。

「是你說要吃才來的，現在不吃了，那就一起走。」

「唉呀，就讓他去忙，等等再碰面也行啊。」劉哥擦掉鼻子上的汗，用杓子撈起鍋裡的東西。他一個人幾乎吃掉半碗生辣椒。

「別吃了，去把車開過來。」

車子在飯店門口停下。泊車員把車子開走的時候，一個推著行李架的門僮為了禮讓我們通過，用身體把行李架擋住。我發現他的鬢角已經白了，臉皮也有點鬆弛，這讓我有點不好意思。紮著馬尾的櫃檯領班笑著和吉米寒暄了幾句，看來他應該是這裡的常客。

電梯裡的鏡子擦得很乾淨，我覺得自己看起來比想像中邋遢，於是向旁邊移了幾步好避開鏡子，結果不小心撞到一個滿臉通紅的外國人。

「對不起。」

「沒關係。」他笑著對我說，然後看向樓層的指示燈。

出於禮貌，在他出電梯時，我向他說了再見。

電梯裡面只剩我們。

「我有個表妹嫁給老外，那個老外連台語都會說，真是有夠厲害。」劉哥說。

「大驚小怪。」小華對著鏡子豎起衣服領子。「現在會說台語的外籍新娘和看護滿街都是。」

脫下外套和領帶，吉米打了幾通電話，打開電腦開始工作。小華靠在長沙發上睡覺，劉哥坐在床邊看電視，我閒著無聊，在餐桌上吃著水果，看著之前印好的稿子。

吉米用完了印表機裡的紙，櫃檯又派人送來一包。他拆開包裝，抽了一疊放進紙匣，按下按鈕，原本閃爍的紅燈又轉爲綠燈。他在其中幾頁圈了幾個重點，寫了些意見，傳真出去，其餘的則分成小疊，一一放進碎紙機裡。

「應該差不多了。」他摘下眼鏡，捏著鼻梁。

小華從沙發上起來，吸了吸鼻子，眼睛裡都是血絲。

「走，去EZ5 坐坐。」

從馬路對面就可以看到 EZ5 裡透著藍色的光。外牆的黑板上寫著駐唱歌手的班表，雖然有好一段時間沒來，但大部分的歌手我還認得，下一場是劉偉仁。正逢休息時間，很多人在外面抽菸。

劉哥從店裡出來，「客滿，沒有位子。」

吉米建議去飯店樓上的酒吧，「還不錯，氣氛蠻好的。」

「那裡連講話都擔心會吵到彈鋼琴的。」小華把菸屁股丟在水溝蓋上，對我說：「去你那附近吧。」

我們把車停在台大地下停車場，依照指示從出口出來。小華很久沒來這一帶，不但不知道側門建了停車場，也不知道籃球場改成了網球場。

「那是什麼？」他望著對面問。

「真理堂啊。」我說。

「不是教堂嗎？怎麼變成高樓大廈？」

「可能嫌舊的太小吧。」

他搖搖頭，走出側門。

「記不記得以前這裡有一道鐵門，常有人被絆倒。」他說。

「當然記得。我腳上還有疤。」

那次摔倒後，我每次都會注意腳下的門檻，結果卻常忘了頭上有門簷，還因此碰到幾次頭。

「那又是什麼？」他指著操場。

「新體育館，已經蓋好很久了。」

「不是，那個我知道。是擋住 101 的那幾棟。」

「不清楚，應該又是什麼人捐錢蓋的吧。」

行人通行的燈號亮了，我們跟著幾位下來推車的摩托車騎士一起穿過馬路。

「附近你熟，你選一家吧。」小華說。

河岸、卡夫卡、女巫店、挪威森林、路貓、朱利安諾各有特色，但現在這個時間，我們這樣的組合，我不覺得有哪裡適合。

「那是賣什麼的？」吉米指著台一冰店，排隊的人已經排到巷口。

「夏天賣冰，現在應該是在排餛飩跟湯圓。要吃嗎？」

「我都可以，看大家好了。」

「先找地方喝點小酒。」小華說。

「那去 CO2 吧。」

我領著他們從教堂旁邊經過，往酒館走去。

酒館裡亂烘烘的，小華選了最裡面的露天小院子。在等酒送來的空檔，吉米又問起關於寫作的事。

「剛剛說你是個作家，是寫什麼東西的作家？」

我左顧右盼，想先喝點酒，但酒沒送來，薯條卻先來了。小華上完廁所回來，順手抓了一根。

「你們在聊什麼？」

「沒有，我剛問他在寫些什麼。」

「別小看他，他可出了好幾本小說。」

「別聽他亂說，真的不算什麼，沒什麼人看。」

「有沒有出簡體版，那裡隨便一刷都幾萬本。」

酒終於來了，每瓶啤酒都有專屬造型的杯子。吉米的酒是琥珀色的，倒在杯子裡非常好看。

「大陸到處都是機會。現在去還來得及。」

「你身分拿到沒有？」小華拿起杯子跟吉米碰了一下。

「去年就拿到了。我說你也該去看看，別老窩在台北。」

「這裡一票人靠我吃飯，」小華喝了口酒繼續說：「我去了，那他們怎麼辦？而且十個去，九個失敗回來。」

「反正打算要來的話，記得找我。」

「而且劉哥不認得路，怎麼幫我開車？我可不想再被砍一次。」

劉哥滿臉通紅，不知該接些什麼，想了好久才說：「拜託，現在有GPS，衛星導航，好嗎？要開進死巷子還沒那麼容易哩。」

「請個當地司機便宜得很。」吉米發現氣氛突然有點尷尬。「劉哥就升格當領導，負責指揮就好。」

一個女孩推開院子的門，很有禮貌地問空在一旁的椅子有沒有人坐。我幫她把椅子搬進屋裡，回來之後，他們還在盯著她看。

「腿蠻漂亮的。褲子穿這麼短，便宜了那個老外。」吉米說。

小華把杯裡的酒喝完。「其實，台灣沒有什麼不好，只是那些搞政治的人太自私了。」他數落起檯面上的政治人物，一個接著一個，幾乎無一倖免。「他們以前哪一個不是他媽的有志青年？」

桌上的酒瓶全都空了，小華起身走向櫃檯。

「他平常都這麼嚴肅？」吉米用英文問我。

「我以前從來沒聽他說過這些，可能是心情好吧。」我聳聳肩，用英文回他。聽我說完，吉米笑了。劉哥問我們在笑什麼，我說只是閒聊而已。

「每個人都想當英雄，結果全是狗熊。」小華拿了一瓶大號的酒回來。「喝看看這支，老闆推薦的。」

「唉呀，管他的，做自己想做的就好了。」我拉開瓶塞，這次的酒是濃稠的黑色。

「你就繼續寫，我支持你。」小華叼著菸，接過劉哥遞來的打火機。

吉米拿起酒瓶聞了聞，也倒了一杯。「你們把事情想得太糟了，我覺得你們應該要出去看看，世界變得很快。上海和北京都很有活力，台灣太政治了。」

「不知道，在這裡住慣了，沒想過去別的地方。」我說。

「不試怎麼會知道。我剛去美國的時候也不習慣，天天想回台灣，後來覺得在美國的生活才叫生活。還是你們想去舊金山？我可以安排一下，順便回去看看老婆和女兒，到時候開船帶你們出海。」

「幹嘛試？有些事不用試就知道。」小華說。

我望向窗邊，金髮碧眼的外國人手握酒瓶，專心聽著那個女孩說話。她的動作和語氣熱切得有些誇張，好像要把他給吃了。他看到我在看他，對我笑了笑。我想他一定不知道我在想什麼。這種永遠的不對襯，可能是我哪裡都不想去的原因。

「不然先來上海吧，我在那裡有房子。」吉米等不到回應，又繼續說：「中國不算外國，很多台灣人在那裡，不用擔心不習慣，到處都有台灣人開的店。」

「像你這樣想的人太多了，如果每個人都這樣想，那誰還留在這裡？你看像我們，」小華用手把我和劉哥也圈了進去，「以前講台語要罰錢，後來說不會講台語不算台灣人。現在好了，什麼都要講到中國。中國，中國，好像沒有中國會死一樣。如果每個人都這樣想，那還當什麼兵，趕快統一統好了。」小華發完牢騷，嘆了一口氣。

「你們知道除役年齡改了嗎？我明年就除役了。」劉哥說。

他們在講中國，我想到的卻是西門町。對我來說，洛陽和峨眉是停車場，看電影去武昌街，摩托車可以停在昆明街、成都路或是西寧南路。我沒有不喜歡中國，但我更理解這裡。就算有天路名改叫洛杉磯、紐約、華盛頓，我相信我還是能找到電影院在哪裡。

「我差不多該走了，明天一早的飛機。」吉米說。

「也差不多了，一起走吧。」小華說完才發現劉哥不知道跑到哪裡去了。「沒關係，那你先走吧，我們等他。」

「來上海的話，一定要找我。」吉米和我握完手，跟小華講了幾句悄悄話。

「最近怎麼樣？」吉米走後，小華問我。

「還好，在幫人寫點東西，收入還算不錯。」

「幫別人寫？我覺得你應該要認真一點，寫自己想寫的，別什麼都寫。」

「我也沒有不寫，只是，沒這麼容易，又不是說要寫就寫得出來。」我從桌上的菸盒裡拿了根菸。「我覺得你不寫才真的是可惜了。」

我大學時看過小華寫的東西，他那時就遠遠超過我現在的程度。

「我？我沒辦法寫了。我經歷的事太多了。」

「那不是更好？」

「我覺得能寫出好作品的一定得是個好人，起碼在寫的時候是。」他把杯子裡的酒倒滿。「你記不記得《卡拉馬助夫兄弟們》裡面說過的？」

「嗯？」我不確定他要說的是什麼。

「首先要善良，再來要誠實，第三永遠不要彼此遺忘，」他喝了口酒，「我只剩最後一項，反正是沒希望了。」

「事情也沒有這麼嚴重。」

「拿來我看看吧。」

「什麼東西？」

「稿子。你剛在飯店不是在看？」

這突如其來的要求讓我嚇了一跳。

「你今天喝多了，改天啦，而且這麼暗要怎麼看。」

「少說廢話，快點拿來。」

我從背包裡取出稿子，強調那只是部分的草稿。他點了根菸，在昏暗的燈光下讀著。窗邊的外國人和女孩已經走了，服務生正在收拾桌面。

「第三章呢？」小華看完後問我。

「還沒整理好，只印到第二章。」

他把稿子交還給我。我趕緊把它收起來。

「真正的大事都是雞毛蒜皮的小事。」他說。

劉哥在這個時候回來，原來是去散步了。他把喝完的酒瓶放到地上，整理了一下桌面，還換上一個乾淨的菸灰缸。

「你們學校真的好大。」

小華沒有理會劉哥，繼續對我說：「不要跟別人一樣老是緬懷過去，應該要向前看，走出自己的路。」

「不知道。反正只是個故事，也還沒寫完。」

「故事可貴的地方不就是因爲它只是個故事嗎？故事從來不去論斷什麼，只是提供一種可能，讓作者和讀者能夠共享，共享一種觀看和思考的方式。純然的虛構。純然的真實。」

小華的神情彷彿又回到當年我剛認識他時的樣子。

「你們的話題實在很難。」劉哥說。

這次小華回應了劉哥的話。「簡單說，就是作者用文字來解釋他所面對的問題，而讀者也能從作者的文字中找到屬於自己的答案。所以你可以說故事全都是假的，但其實也全都是真的。」

我覺得這種說法還真不簡單。

「這種作者，善良，誠實。透過他的作品，可以看到向上的力量。」

「爲什麼是向上不是向下？」

「因爲天空。宇宙。未知的。未可及的。都在上面。如果人生想探求什麼，或有什麼希望，都在上面。」

「還是不懂，你懂嗎？」劉哥問我。

「大概知道一點，我以前聽他講過了。」

「好，我回去會好好想一想。」

「算了，想這麼多也沒什麼用。走吧，時間不早了。」

我們走到櫃檯，店員說帳已經結過了。我送走他們，縮著脖子，把手插進口袋。二十四小時營業的麥當勞裡還有人排隊。懷恩堂前的廣場被布置成耶穌誕生的馬槽。我違規穿越馬路，沿著大學口回家。自來水廠對面正在建大樓的一大片空地，聞起來都是鐵鏽和水泥的味道。我回到家裡，連衣服也沒脫就躺在床上。從窗外已經看不到月亮了，我看著星星，想著小華說的話，覺得異常清醒，連星星看起來都變得像拳頭這麼大。

9

陽光穿過窗台落在臉上，枕頭被曬得很香，我想再睡一下，但客廳的電話響了。我以為外婆會接，但是沒有。我穿好衣服下樓，電話鈴聲停了。

外婆不知道到哪兒去了。

我走進浴室盥洗，鏡子裡的我一臉疲倦。我索性把衣服脫了，打開蓮蓬頭洗澡。直到外婆來敲門，說我洗得太久，浪費瓦斯，我才回過神來。瓦斯的確越來越貴。前陣子新聞說國際天然氣價格上漲的時候，桶裝瓦斯一口氣漲了好多，等價格回穩後，價錢卻沒有跟著降回來。

「要講去跟頭家講，我沒法度。」每次送瓦斯來的先生聽到鄰居抱怨，都只能這樣回答。

我相信他的話。他一年到頭穿著一樣的白色汗衫，肩膀塞著一包長壽菸，藍白夾腳拖鞋下露出的指頭又粗又大。每次看他把瓦斯桶扛進扛出，戴上安全帽，連帶子都不扣就騎上打檔摩托車離開的樣子，都讓我替他覺得辛苦。這種人怎麼會說謊呢？就算說謊，我也相信。

「你剛出去啊？」我從浴室裡出來。

客廳的電話又響了。我接起電話，是找我的。她說她是小丘。

小丘？怎麼可能？小丘是我第一個喜歡的女孩。我直覺是詐騙集團的新把戲，穿著四角褲在電話機旁坐下，聽她要怎麼騙我上當。

她先是向我寒暄，我回答得很敷衍，直到她說昨天整理東西，看到以前我寫的信時，我才相信她是小丘。

「對了，你跟韓吉有聯絡嗎？」她問。

「沒有。」

「他在大陸，一直聯絡不上。」

「是嗎？我連他去了大陸都不知道。」

「你可不可以我幫去趟上海，把他帶回來？」

「我？我跟他十年沒見了。」

「我想只有你的話他才會聽，但是千萬別說是我要你去的。」

「發生了什麼事嗎？」

「你可不可以先幫我，其他的以後再說？」

「還是我們先碰個面？」

話一說完我就後悔了。我一點也不想去大陸。我這麼說只是爲了想見她而已。

「最近不方便，過陣子吧。」

她的拒絕讓我鬆了口氣，但情勢已經轉變。或許是因欺騙而起的愧疚，我拿筆記下韓吉的地址和電話。

掛了電話後，我冷靜下來，覺得自己根本不該答應。我不在的話，誰來照顧外婆？我怪自己魯莽，不過也明白自己沒辦法拒絕她，不要說是去上海，就算是去跳海，我也會想辦法。

我打電話跟小華商量，希望他有空的時候能來幫我探望一下外婆。

「什麼時候出發？」他問。

「越快越好，快去快回。」

「你等我一下。」

他把電話掛了。再打來時，他先給了我吉米在上海的電話，然後說：「下午的飛機。劉哥等等會去接你。」

「這麼快？我都還沒準備。」

「把行李整理好，其他的劉哥會幫你搞定。」

昨天這個時候，我還在幫老人寫東西，沒想到今天卻要出國了。

我走進廚房，外婆正在煮麵。

「我等等要去大陸。」

見她沒有反應，我又重複了一遍。

「啊？」外婆轉過頭來看著我，「去幹什麼？」

我看著她，不知道該怎麼回答。如果是外公，他一定什麼都不問，然後從搖椅上起身，上樓到房裡拿錢，要我帶在身邊。雖然外公已經過世很久了，不過每當我跟外婆講話，他都會在我腦中出現。對我來說，他仍然依附在外婆的身上活著，從沒真的離開過。

「我姊姊打電話來，說很想我。」

外婆說的姊姊是在湖南的姨婆，這話我已經聽了二十年。外公還在的時候，就說要帶她回去看看，但是她不敢搭飛機，又擔心身體受不了，所以從來沒有回去過。

「她說她身體不好，沒有錢看醫生，活不了多久。她說好想我這個妹妹，可能見不到囉，哭囉。」外婆說完，擦了擦眼睛。

「好，我到了那裡會給她打電話，還會寄點錢過去。」

其實外婆惦記的姊姊，也就打過那麼一次電話給她。前幾年，我從回去探親的鄰居口中得知她姊姊早就過世了，她的外甥不但一直瞞著我們，還經常打電話來，說媽媽生病要錢看醫生。雖然明知他在騙人，但我還是裝作不知道，把錢匯過去給他。我覺得如果再也沒有家鄉打來的電話，對外婆來說太殘忍了。

「知不知道電話號碼？」外婆問完，彎下腰來找電話簿。

「我來就好了。」我翻出電話簿。電話簿上的名字，十之八九都已過世。起初死掉的人會用原子筆劃掉，後來改成把活著的人打勾。「找到了，這裡，我記下來了。」

「要給多少？我去領給你。」

外婆節儉到近乎吝嗇，每餐都自己下麵。最常做的事是到醫院看病。因為是榮民眷屬，所以她掛號拿藥一毛錢都不用。釘在樓梯口的日曆，只要是黑色的，全是她要去看醫生的日子。我曾經覺得藥吃太多會對身體不好而不讓她去，結果卻讓她真的病了。我只好說服自己，既然醫生沒有拒絕她去看病，那就應該不會有什麼問題。

「錢我這裡有，不用擔心。」

我倒了杯水，熱水瓶旁邊放著醫生開給她的藥。

「我去找韓吉，過幾天就帶他回來看你。」

我一口氣把水喝了。

「他昨天才打電話來說很想我，還哭囉。」

可憐的外婆，把所有事情都搞混了。

我從樓梯下的儲藏室裡翻出旅行用的背包，用濕布抹掉上面的灰塵。原本想把老人的錢帶著，但又覺得不妥，於是騎著摩托車去了老人家一趟。

我按下電鈴，在門口等了一陣。正午的太陽曬得我頭頂發燙。我小心地避開倒插的玻璃，將手攀在牆上，踮著腳往裡面看。院子和昨天一樣，不過走道上好像多了點落葉。我回到家裡，坐在床上把錢數了一遍，然後放進紙袋，藏在書桌最下面的抽屜，還選了幾本書壓在上面。

過了沒多久，有車在門口停下。我從窗戶往下看，只見劉哥探頭正在確認門牌號碼。

「這裡。上面。」

劉哥看見我後，對我招了招手。

我拎起背包下樓，喊了幾聲外婆，卻沒有回應，不知道她又到哪裡去了。

「要不要開後車廂？」

「不用，只有一個背包，沒別的。」

他接過背包，放在後座，等我上車後，拿了一張影印的東西給我。

「電子機票，直接拿護照到櫃檯登記就好。台胞證等到了上海機場再辦。照片我現在帶你去照。還有身分證，有沒有帶？」

「有。」

「嗯，等等去便利商店印一下。」

車子開到巷口時，我從照後鏡裡看見外婆拎著塑膠袋回來，但還沒來得及要劉哥停下，車子就轉了出去。

「喏，去吧。」劉哥在水源市場後面停下，指著一台快照機。「這個一起帶去。」

他交給我一小袋銅板和一支梳子。

我拉起簾子，坐在可以旋轉的凳子上，把自己調整到玻璃方框裡。機器一共拍了兩次，一次笑得很僵，另一次嘴巴半開，卻忘了笑。我選了後面的那次沖印。回到車上，劉哥遞給我一把剪刀，我把一格格的照片剪開。

「來，我看看。」他側頭看了照片，「頭髮怎麼沒梳？」

「忘了。第一次用那種機器，手忙腳亂的。」我把照片放進皮包，「哎呀，梳子忘了拿。」

「沒關係，從飯店拿的，家裡一堆。」他把車迴轉，「剛剛那是你外婆嗎？」

「喔，我以爲你沒看到。」

「我看你盯著照後鏡，猜想應該是她。她喜歡吃什麼？我到時候買了帶去。」

「她牙齒不好，麵都要煮得很糊才能吃。」

「那帶些芝麻糊好了。小華常要我去九如買芝麻糊。」

高架橋的隔音牆外，一整排大樓的玻璃外牆上，一顆顆金黃色的太陽，有點刺眼。

「她有點老年痴呆，有時候跟她講話也沒反應。去看看就好，不一定要進去。」

「人老了，難免反應慢一點。我爸有幾次自己溜出去散步，結果迷路，還好市場的人都認識他，把他帶回來。」放行的號誌亮了，劉哥踩下油門，車子開上高速公路，他小心地切進內車道。

「你們昨天晚上講的東西，我睡覺前想了一下。」

「是嗎？」

「嗯，還是不懂，太難了。其實我還挺羨慕你們的。你們以前唸書就會討論這種東西嗎？」

「沒有，以前雖然住在一起，但是也都各過各的。」

「是嗎？」

我和他簡單聊了一下大學的事。高速公路的收費站前，路況變得有點壅塞。

「小華從來沒有跟我講過這些。」

「不同時期的朋友，話題多少也會不一樣吧。」

接著劉哥開始講起他和小華的過去。雖然我聽過好幾次了，但也沒阻止他。

連接機場的引道因爲施工造成嚴重回堵，劉哥把車開下交流道，從省道繞路到了機場。看著往來的巴士和推著行李的旅客，我的心情突然有點複雜。

「好像有點不太想去。」

「你放心，快去快回。吉米會去接你。外婆我們會幫你去看她的。」

負責交管的警察拎著螢光棒向我們走來，我和劉哥說了再見，走向機場櫃檯。劃位的小姐接過我的護照和電子機票，輸入資料後，伸手向我要台胞證。

「我到了上海再辦。」

「從香港轉機到浦東已經是晚上了，還有櫃檯能辦嗎？」

我不清楚詳細的狀況，只好打電話問劉哥。

「浦東二十四小時都可以辦，他們怎麼會不知道，你把電話給她，我跟她說。」

「不用了，可以就好，沒事，謝了。」掛了電話，我把答案告訴櫃檯小姐。

「我只是提醒你而已。有沒有托運的行李？」

我搖搖頭，取了登機證出關。

再次提醒繫好安全帶的廣播停止後，飛機在跑道上開始加速。我看了手錶上的時間，不知道外婆現在在做什麼。我的心被往上一提，飛機好像離開了地面。我握著座椅把手，閉上眼睛，告訴自己沒什麼好擔心的。

飛機升到平穩的高度以後，座位上的乘客開始起身走動。我抽出機上提供的雜誌，裡面有篇和眷村有關的專題，訪問了幾個藝人和名人，聊些小時候因省籍差異而發生的趣事。這讓我想起有個年紀足以做我爸爸，沒有結過婚，每次都要我叫他大哥的鄰居也很愛講這些事。前些日子，他到越南娶了一個年紀比我小很多的老婆，兩個人在汀州路頂了一戶違建賣涼麵。最近一次遇到他，他還告訴我快要做爸爸了。這則報導的後半段訪問了幾個家世顯赫的人，我覺得他們根本和眷村無關，於是把雜誌插回座椅前的袋子。

「抱歉。借過一下。」

吃完機上的餐點，我跨過鄰座乘客，打開走道上方的行李廂，從背包裡拿出昨夜給小華看過的稿子。讀了幾頁，老頭子的聲音和表情在腦海中出現。我覺得腳有點腫，於是脫下鞋子，按下服務燈，向空服員要了一杯番茄汁。當她端來之後，我看著沒有加冰的番茄汁，卻又不想喝了。

「對不起，這個我不要了，可以給我水嗎？加些冰塊。」

空服員面帶微笑地為我換上。我接過透明塑膠杯一飲而盡，把杯子對著頭上的閱讀燈，盯著裡面的冰塊。

「你喝的那是什麼酒？」旁邊正在看機上電視的乘客摘下耳機問我。

「這個？這只是冰水。」

「看你喝得那麼好喝的樣子，我以為是啥酒呢。」說完之後，他也按了服務鈴，向空服員要了一杯水。「記得加冰塊。」他說。

空服員送來冰水，提醒我收起餐板。鄰座的乘客把冰水一口氣喝完，讓空服員把空杯子收了回去。

「真快啊，我這劇都還沒看完呢。」他指著座椅上的小螢幕對我說。

「是啊。」我笑著回答，但他已經把耳機戴了回去。

為了省錢，也為了看一些台灣沒有翻譯的書，我很早就開始接觸簡體字，所以機場指示牌上的簡體字，對我來說不但不陌生，反而有種奇怪的熟悉感。這座新機場非常大，不同的航廈還有各自的磁浮列車站。中正機場以前也曾是亞洲首屈一指的機場，但這麼多年下來，除了名字改了，其他幾乎沒變，原本要興建的機場捷運先是得標財團因涉嫌舞弊而被取消資格，後來接手的廠商又以原料上漲、沒拿到政府補貼為由而停工，十幾年過去，竟然還沒完工。我覺得這跟哪個政黨執政無關，而是整個世代的問題。每個世代都有自己的特徵，台灣現在當權的世代，價值觀混亂，一切都以自身利益為考量，不管換誰上台都一樣。

我在專爲台胞服務的櫃檯塡妥資料，貼好照片，才付完錢就拿到了在這裡的身分證明文件。背著背包，在迎賓通道來回走了幾遍，看了每個接機者的臉和手上的牌子，卻沒有見到吉米。我打了好幾通電話，但都直接轉進了語音信箱。我決定先到市區再做打算。我考慮要坐磁浮列車到龍陽路再轉地鐵，還是搭機場巴士，或者坐計程車。最後我決定搭計程車，如果不方便，應該不會有這麼多人排隊。

「要去哪兒？」計程車司機問我。

「去外灘。」

「去外灘哪兒？」

「和平飯店。」我隨口說了剛在機上雜誌上看到的介紹。

「走哪兒？」

「都行。」

司機拉下計費表後，車子上了快速道路，路很寬敞但很擁擠。磁浮列車在黑暗中飛快經過了好幾次，我們卻還塞在橋上。每輛車都亮著刺眼的紅色尾燈，我看著車燈上的廠牌，和司機閒聊了幾句，他說那些沒有中文的車子不是國內製造的，是很貴的進口車。

到外灘的時候，我正在打盹，司機指著對岸說：「三十年前那裡連顆蛋都沒有。」我戴上眼鏡，看著東方明珠塔，覺得造型還眞是奇特。

車子在飯店門口停下，我不確定有沒有繞路，因爲車資貴得嚇人。飯店門僮替我拉開車門，我一腳踩在路緣石和車子之間，險些摔跤，還好門僮即時把我攙住。

「謝謝。」

「沒事，這人行道特高，很多客人在這兒扭了腳。」

他邊說邊幫我推開飯店大門。我跟櫃檯的服務員說想看房間，他遞了一張房型介紹給我。我看看上面的照片，房間不大，裝潢也老，連床都小。

「非常富有歷史感。」他說。

我問完房價，帶著微笑走出飯店，盡可能地從容離開。

吉米還是沒接電話。我決定先去江邊走走。

馬路的那頭有座巨大雕像，我和其他人一起違規穿越。還沒過完馬路，幫人拍快照的小販就上前問我要不要拍張紀念照。我拒絕了所有人的推銷，只彎腰給了一個乞討的人幾塊錢銅板。一個小男孩拉住我的衣服，要我買罐吹泡泡的東西。

「這麼晚了吹泡泡也看不到。」

「買了可以等早上再吹。」

「如果我早上想吹再向你買好了。」

「我早上還沒來。你就先買了唄。」

他又跟我瞎扯了一陣，最後問：「你到底買不買？」

「不了，謝謝。」

「那就別浪費我時間。」說完，氣沖沖地掉頭走了。

我在堤岸邊坐下，拿出手機想打給小丘，才發現竟然沒有記下她的電話。我翻出筆記本，照著上面的號碼撥給韓吉，電話連響都沒響，就轉進了語音信箱。

我聽到有人在叫嚷，轉過頭去只見幾個原本坐在欄杆上的男人朝這裡走來，他們的穿著打扮有種外地人的土味。

「喂，叫你吶，就是你。」

是在叫我嗎？我不確定，也不敢再看，慢慢地把背包反背到胸前。雖然裡面沒什麼錢，只有幾套換洗衣物、電腦和證件，不過我還是擔心有什麼意外，連忙用小跑步的方式跟著人群走進地下道，回到馬路的另一邊。

時間已經接近午夜，我在附近的暗巷裡找到一家旅店，一晚只要幾十塊錢。我當下決定入住，但負責登記的人一看到我拿的是台胞証，卻猶豫了起來，拿起電話，說要請示一下上級。電話接通後，他開始講起上海話，我只知道他說有個從台灣來的，後來就聽不懂了。

「是不是住一晚就走？」他摀住話筒問。

我點頭說是，他又和對方講了幾句，對我比了一個沒問題的手勢。

他掛上電話，向我收了房錢，然後把證件和鑰匙交到我的手上。

「之前比較緊張，我們的等級不夠，不能接待外賓，但是現在沒有什麼大活動，所以沒關係。老闆要我轉告你，希望你能住得滿意，也祝你旅途愉快。」

我照著他的指示上樓。樓梯扶手的鐵條有幾根已經鬆脫，走道也沒有開燈，我勉強靠著其他房間氣窗透出的光找到自己的房間。房裡充滿芳香劑的刺鼻味，我突然覺得很累，連澡也沒洗就在床上躺下，確認手機是在開機狀態後，沉沉地睡了過去。

10

醒來的時候，房間一片漆黑。我意識到自己不在家裡。按下手錶的夜光功能，時間已經是早上六點。我摸黑按下電燈開關，想找點水喝。保溫瓶裡倒出來的水是冷的，我想了一下，決定出門去買瓶裝水。

彎腰穿鞋的時候，我注意到床單的邊緣被菸燒了一個洞，地毯上還有頭髮和指甲。環顧房間，牆壁新刷的油漆遮不住原來的顏色，天花板上的燈泡積了很厚的灰塵，窗簾後面的窗戶被木板封住，梳妝檯下有塊木板垂著，我低頭看了看，原來是抽屜裂了。

我背上背包，把鑰匙交給櫃檯退房。

「外頭涼，多穿點。」趴在櫃檯前和服務員聊天的人提醒。他們自己其實也只穿著單薄的西裝褲和襯衫。我不以為意，沒想到才推開門，就打了個哆嗦，只好拿出夾克，還把拉鍊拉到下巴，好遮住脖子。

路邊有一隊人拿著大掃帚在清掃人行道。我找了個台階坐下，打開從書報攤買來的地圖，找到了自己所在的位置。他們經過我的時候，揚起的灰塵讓我不得不摀住口鼻。搬了矮凳坐在門口的老人面無表情地看著我。我站起身來，決定往江邊的反方向走，每經過一個路口，就拿起地圖確認一次。

我順著南京東路一直走到南京西路，穿上的夾克又脫了下來。過了靜安寺之後，我對烏魯木齊路感到好奇，沒想到在那裡發現了一家錢櫃。一個玩了通宵的客人在門口用台語罵了一串髒話，然後被朋友塞進計程車裡。門口的服務生看來已經習以為常，我低頭快速經過，心裡覺得有點丟臉。

又走了一段路後，我覺得有點累了，照著地圖找到最近的常熟路地鐵站，買了張票走進月台。月台上等車的人大排長龍。

負責維持秩序的人吹著哨子。「你，就是你，到最後邊去。」

「我沒插隊，你哪隻眼睛看到我插隊？」有個插隊的人理直氣壯地說完，繼續留在隊伍裡。周遭沒有人理他，維持秩序的人也沒有再追究。

駛來的列車外觀新穎，裡面還有電視，身後硬擠上來的人緊貼著我，我把背包脫下拎在手上，見旁邊有個比較寬敞的地方，顧不得禮貌，嘴裡說著不好意思，擠了過去。我這才發現有個穿著破爛西裝的人坐在那裡，他的鞋子上全是泥巴，身邊放著一個用塑膠繩緊緊綁住的紙箱和一個大麻布袋。他一直看著我，我原本也看著他，但很快就聞到一股難聞的氣味，我不好意思直接避開，所以等車一到徐家匯就下車了。

車站附近的麥當勞裡座無虛席。我買了一份鮮肉滿福堡餐。

「還有薯餅。」我提醒店員。

「那剛怎麼不一起點？」

「餐裡沒有附嗎？」

「沒有。」

我又多付了薯餅的錢，端著餐盤站了一陣子才等到空位。我吃著漢堡，拿出手機，撥了電話給吉米。這次電話通了，他的聲音聽起來很累。

「喂，吉米嗎？是我，我到了，昨天你電話轉語音信箱。」

「哎呀！」他驚叫了一聲，「我昨天一忙就給忘了。」

「沒關係。」

「你在哪裡？」

「徐家匯，交通大學附近的麥當勞。」

「你現在打車過來，我在家裡等你。就跟師傅說到名都城。」

「講名都城就可以了嗎？」

「沒問題，我們這裡的師傅一定都知道。」

我買了一份雙旋蛋捲冰淇淋，在路邊攔了一台計程車。

「是不是古北那個？」司機問。

「還有別個嗎？還是我打電話問一下？」

司機把車從路邊開進車道，後面的來車不相讓，他連按了幾聲喇叭。

「應該是沒錯，我只知道這一個。」可能是看我不認識路，他又和我多講了幾句。「那小區有名得很，剛推出的時候有錢還不一定能住，現在是老了，舊了，新出來的多的是，不過要論面積，還是那裡最大，每棟差得老遠，有時候客人不知道要去哪一棟，我就送到接待中心，讓他們開車送去。」

果然，吉米住的小區大得像座莊園。警衛升起欄杆後，又開了一大段才到他住的地方。樓下的門房接到指示在門口等我，用門禁卡刷過電梯，幫我按下樓層。

「這裡。」吉米站在門口，穿著睡衣對我招手。

進門的地方放著一尊達摩，客廳掛了幾幅抽象畫。

「來，我拿雙拖鞋給你。」

拖鞋在打過蠟的拼木地板上發出唧唧的聲音，吉米把我帶到專爲客人準備的房間。裡面的擺設簡單，一張單人床，一張書桌，靠窗的地方放了一台跑步機跟一台用布蓋著的電子琴。

「這是鑰匙，要出門的話，先用對講機要樓下幫你叫車。記得一定要拿收據，上面有車號，這樣有問題不怕找不到人。還有，這裡出租車司機都叫師傅，話少講幾句，盡量別讓人知道你是外地來的。」

他一邊交代，一邊把脖子上的領帶打好。

「好，別擔心我，你在趕時間吧？」

「這幾天比較忙一點。反正把這裡當自己家，冰箱裡的東西盡量吃，要用什麼自己來，其他的等我回來再說。」

吉米走後，我洗了個澡，換了套內衣褲，穿上原先的衣服出門。我沒請門房幫我叫車，走了好久才走出大門。停在路邊的計程車上，司機正在打盹。

我敲敲玻璃，他睜開眼睛望著我，眼白全是血絲。

「師傅，」我把寫了韓吉地址的紙條遞給他，「知不知道怎麼走？」

他看了好久，轉開瓶子喝了口茶，漱了幾口後把茶吐在窗外。

「上車吧。」車子過了好幾個路口，他才完全清醒。「你是不是台灣來的？」

「怎麼會知道？是口音的關係嗎？」

「不是，口音只聽得出是南方人，」他把收音機的音量調小，「但是你那單子上寫的字不一樣，叫繁體字對吧，我一開始還以為是眼花呢。」

車子在大樓門口停下。路邊有幾個搬家工人正從貨車上把用棉被捆著的家具扛下。

「你上去大概花多久時間？」

「不知道，我猜應該不會太久。」

「那這樣，我在這裡睡一下，你下來看我還在的話，就把我叫醒。」

「不在的話呢？」

「沒事，不在就算了。」

戴著老花眼鏡的警衛翻著報紙，一點也沒有要理我的意思。

「你上不上？」搬家工人問我，於是我和他們和一張沙發一起進了電梯。

我按下電鈴，來應門的女人把門開了一個縫，隔著鍊條打量著我。她身上穿著睡衣，料子看起來柔亮光滑。

「啥事体？」

我向她說明來意。

「不認識，沒這個人。」

她換成普通話對我說完，想要把門關上，我本能地伸手攔住。

「說了沒這個人，你再騷擾我，我叫公安了。」

她的語氣非常凶。

「是誰啊？啊是在吵什麼？」

說話的男人是個台灣人。

「我不知道這個人。這房子我買了快兩年，前面那個屋主不姓韓，姓什麼我也忘了。啊不然我幫你問看看。」回答完我的問題，男人熱心地請我進屋，從抽屜裡翻出前任屋主的電話。

「你幹啥要去麻煩人家，叫他走吧，沒事讓不認識的人進來家裡幹嘛呢？」那女的披了件袍子，嘴裡不停地嘀咕。

「啊你之前不就住這裡，前面一個房客叫什麼名字知道不知道？」男人問。

「我怎麼會知道。房子跟房東租，又不是跟前個房客租。你要幫就自己幫，別扯到我頭上。」

「你不幫就少在那邊給我靠夭。」

女人這才閉上嘴。男人撥了電話，前屋主說是有個姓韓的，但是聯絡方式早就丟掉了。我不好意思再打擾，決定告辭離開。

「你等一下。」他從酒櫃裡拿出一瓶酒。「之前藏在床頭櫃裡，重新裝潢的時候發現，我看是老蔣的，又有些年代，所以就留了下來。你拿去吧，應該是你朋友的，我就當物歸原主了。」

我不知該怎麼拒絕，只好拿在手上，酒瓶上還印了黑白照片和遺訓。

下樓的時候，司機沒在睡覺，躺在車上講著手機。

「不說了，幹活了，晚上去你那裡再說。知道，好，不說了，欸，好，再見。」

他坐起身，把椅背拉直。

「這麼快。」

「是啊。」

「去哪兒？回原來地方？」

「是啊，謝謝。」

「你拿那啥玩意兒？挺漂亮的。」

我把酒瓶遞給他。

「唉唷，這是蔣介石嘛。」他拿在手上把玩，「從沒見過這種酒，這民國六十五年是幾年？」

「一九七六。」

我往車窗外面看，幾個工人坐在警衛室外的台階上吃便當。

「七六年，」他算了一下，「你說這酒一瓶要多少錢？」

「不知道耶，我也是第一次看到。」

「朋友送你的？」

「算是吧，其實也不算認識。」

「哪有這麼好的事。」

回到吉米家，我洗了個澡，用髒衣服把酒包好放進背包，然後拿出電源線和電腦。我原想上網看看台灣的新聞，卻不知道網路的帳號密碼，閒著無聊，索性拿出錄音筆和耳機，修改起稿子。

工作效率意外的好，一口氣完成了第四章後，我舉起手伸展筋骨。耳機裡的聲音還沒停，我告訴老人今天有錄音，然後他講了一段逃到上海找人的故事，我問他要不要記下，他說無所謂，只是突然想到的插曲而已。我覺得這實在很巧，可惜老人對外灘的景色沒有描述，不然我還可以比較一下今昔差異。我把這段重聽了一遍，逐字逐句敲進電腦後，摘下耳機，才發現天已經黑了。

「你在啊？怎麼不開燈呢？」

我被吉米嚇了一跳。不知道他是什麼時候回來的。我們閒聊了幾句，我順便和他說了白天發生的事。

「可能明天就回去了。」

「既然來了，就別急著走，多待幾天到處看看。」他打開冰箱，倒了杯果汁，「對了，晚上有沒有事？我約了朋友，帶你去夜總會見識見識。」

夜總會的大廳挑得很高，可以看到每個樓層，接待員帶著我們搭電扶梯上樓時，各樓層的小姐全都排成一列向我們問候鞠躬。

「這些穿旗袍的只是服務員，不是真正的小姐。」

「是嗎？」我問。

「廢話，小姐長這樣那還了得，生意都不用做了。」

「你等等別說什麼我是作家。」我提醒吉米。

「想太多，來這裡沒人會對這個感興趣。」

推開包廂的門，裡面已經坐滿大半，每個人身邊都坐了小姐。

「遲到！」一個男人迎了上來。

「這我表哥。」吉米向我介紹。

「你表哥？真的假的。」我問。

「當然是真的。」

「我去美國玩的時候，吉米和他爸媽都很照顧我。等等再說這個，來，我先給你們介紹，這位是王大哥，這是我表弟吉米，這是他的朋友。」

跪在桌前的服務員把喝高粱用的小酒杯遞給我們，我和吉米把酒一口喝完。

「這是什麼酒？」我問。

「威士忌加綠茶。」表哥說。

吉米在王大哥旁邊坐下，然後掏出名片，表哥則領著我繼續認識其他人。全是台灣人，他們的英文名字我還沒聽完就搞混了。介紹完後，我在點歌機旁坐下，看了幾支公帶。表哥帶他點的小姐坐了過來，他們玩起吹牛，表哥一連贏了幾盤。

「你叨位人？」表哥問我。

「我現在住台北。」

「我是高雄。」

「我以前在高雄當兵。」

這引起了他的興趣。他追問下去，結果發現我們在同一個地方當兵。他講了好多營區裡的事，大部分我都忘了。

「放心，在這裡有什麼問題，來找我，學長一定給你照顧。」

包廂的門被人推開，一群小姐走了進來，在螢幕前排成一排。吉米和王大哥簡單交換了意見，選了一個身材高挑，長相古典，穿著低胸禮服，非常豐滿的小姐。剩下的小姐全在等我，我不敢正眼看她們，也不知道該怎麼決定。

「沒有喜歡的，那換下一批。」表哥說完，小姐們自動離開，「這不是在選老婆，順眼就好，選太久到後面都是別間揀剩的。」表哥提醒我。

媽媽桑又帶了一隊小姐進來。

「左邊第三個是我們老鄉，人漂亮，歌唱得又好。」表哥點的小姐說。

「沒有問你，你讓他自己選。」

我看了那個女孩，長得沒有不好看，但也算不上好看。「那就她好了。」

「不要聽她的，選你自己喜歡的。」

表哥用台語說完，我覺得有點尷尬。

「沒關係，就她吧。」

那女孩在我旁邊坐下。「你好，我叫小西。」

「你好，」我禮貌性地和她握手，「西是哪一個西？」

她先是楞了一下，然後說：「東西南北的西上面加一個草字頭。」

「喔，那不是唸作倩嗎？」

「我就叫小西，如果你要叫小倩，那我也無所謂。」

我一時不知該說什麼，拿起酒杯喝了一口，看著對面的人划拳。

「那天找你逛街，你手機也不接。」表哥點的小姐對小西說。

「睡了一天。結果你買了啥？」

「你看。」她轉過頭，秀出插在頭上的髮飾。

「真好看，在哪買的？」

「不告訴你。找你又不出來。」

「我那天累死啦，乾脆你這個賣給我吧。」

「賣給你那我戴啥？」

「你知道地方，再買就有了。」

「不行，下次去也不一定能買得到。」

「點你們兩個不是讓你們來聊天的，你們要聊就乾脆出去聊個夠。」表哥訓完，他點的小姐趕緊跟他撒嬌，而小西則把身體向我靠近了一點。

「你是做什麼的？」她拿走我手上的酒杯，添了酒後遞回給我。

「做點小生意。」

「是不是自己當老闆吶？」

「勉強算是吧。」

「那可真好，不用看人臉色，又能賺錢。」她舉杯敬我，但只意思意思地喝了一點。「你是什麼星座的？」我告訴她後，她從星座上推斷了我的性格。「你說準不準？」

「有些準，有些還好。」

「來，我幫你算命。」她抓起我的手，在掌心搓了幾下，拉到燈光下端詳。「你的工作能力很強，事業正在起步，經常在外奔波。」

「然後呢？」

「我來看看姻緣線。」她看完不停地搖頭。「你結婚了沒？」

「沒有。」

「有女朋友沒有？」

「沒有。」

「你說謊，像你這樣的條件，怎麼可能都沒有。」

「我沒必要騙你。」

「你來上海多久了？」

「昨天剛到，我是來找朋友的。」

「我也剛來沒多久，在這兒沒什麼朋友。」

她拿起手機，問了我的手機號碼。

「我號碼是台灣的。」

「我沒法打國際電話，你留我的吧。」

我試著撥了她的號碼，她的來電答鈴是一首我沒聽過的歌。

「你看。」她把手機對著我，螢幕裡的她靠在一台藍色的藍寶堅尼上。「好不好看？」

「這車很貴。」

「我是問你，我好不好看。」

「喔，還不錯。」

「我跟你開玩笑的，這車是逛街的時候看到，趁車主不在拍的。」她把手機收起來。「如果能有一台這麼拉風的車那可多好啊。」

「那可要花不少錢。」

「又不是花我的錢，找個有車有房的對象就好了。」我喝了口酒，她拿起桌上的骰盅。「你玩不玩這個？」

「我不太會，只在電視上看過。」

「我也剛學，來讓我練習練習。」

她說完後，我們玩了三次，我贏了三次。她去洗手間的時候，我打開她的骰盅，發現她是故意讓我的。

「她讓你的是吧？那表示她對你挺有意思的。」她的老鄉對我說。

等她回來之後，我說我不想玩了。「來唱歌吧，點你喜歡的。」

小西唱了幾首流行歌後，表哥起立鼓掌，然後要我幫他點歌。

「台語歌，葉啓田，浪子的心情，謝謝。」

我不太會用拼音點歌，歌還沒點成，他就唱了起來。

「你們台灣人就愛唱台灣歌，我沒一首聽得懂的。」

她幫我把表哥要唱的歌輸入機器。台味十足的配樂一下，表哥搖擺著身體，從頭又唱了一遍。

「台灣話跟福建話差不多。」我說。

「廣東跟福建這兩個地方的方言特別難懂。」

「我嘛是想要，我嘛是想要，重新來做起。誰人會瞭解，誰人來安慰，我心內的稀微。」表哥唱得很投入，場子也一下子熱絡起來。其他人陸續唱了幾首台語歌後，小姐們開始玩起自己的手機。

「會無聊嗎？」我問小西。

「不會，但是我胃不舒服。」

「怎麼了？」

「我好餓。一整天都沒吃飯。」

「那怎麼辦？」

「我們出去吃宵夜吧？」

「現在？」

「等等，先別跟我說話。」她低著頭，按著肚子。

我不知道該怎麼處理，於是挨到吉米旁邊。但還沒開口，他就先對我說：「差不多了，我等等要先走。」

「那一起走好了，她說肚子餓想去吃宵夜。」

「我不去了，你們去吧。」吉米說。

小西拍了拍我的肩膀，「我先去拿東西，等等就來。」

吉米穿上大衣，帶著他的小姐走到門邊。臨走之前，他把我叫了過去，「記得小姐的錢要自己付。」

我原本想跟出去，但表哥把我叫住。

「學弟仔，你要去叨位？」

「我要跟吉米作伙走。」

「學長還沒走，你怎麼可以走。」

「你們在說什麼學長學弟？」有人插話。

接下來好長的一段時間，大家都在比梯數，論事蹟，酒一杯接著一杯乾，喝到最後，每個人多少都有些醉了。

「那個誰先去把音樂關掉。」

表哥隨便指了一個小姐。

「聽口令，踏步走，一二一二，答數。」

表哥自己開始答數，認真的表情讓所有人笑成一團。

「一、二、三、四、一二三、四，夜色茫茫，星月無光，預備唱。」

沒想到唱了幾句之後，其他人也加入他的行列。他們擺手踏步，打翻了桌上的水果盤。我有點不知所措，半推半就地一起唱完，還跟著喊了一段精神答數。

「這什麼歌？挺好聽的，很有氣勢。」唱完之後，小西站在門邊問我。

「是軍歌，當兵的時候唱的。」

「你不是做生意的嘛？」

我還沒來得及解釋，表哥又把我拉去聽王大哥說話。

「今天實在太開心了，看到小老弟這麼有活力，讓我又想起很多台灣的事。這樣，今天我請客，你們繼續玩，都算我的。」

「我們老闆千交代萬交代，今天最重要的是讓王大哥開心，再來就是不能讓王大哥付錢。」

「好，今天讓你們請客，以後有什麼事直接打電話給我。」

王大哥拿了一小疊鈔票給身邊的小姐，又給了服務員幾張當小費後，幾個人送他下樓離開。

「每個人要給多少錢？」我問表哥。

「不用。今天這攤報公司的帳。你要怎麼回去？我們開車來，可以送你。」

「你們有要吃宵夜嗎？」我問。

「不吃了，明天還要上班，回去睡覺。」

「那不用送我了。」

表哥這才發現小西跟在後面。他笑了笑，搥了我一拳。

送走他們以後，只剩我跟小西。我點了根菸，在人行道上走了一小段路後，把該給的錢交給小西。

「這你先拿去。」

「錢怎麼能這樣捲，」她把錢拉平放進皮夾，「你想吃些什麼？」

「我不是很餓，但是你想吃的話，我可以陪你去吃。」

「你來上海住哪兒？」

「我住朋友家裡。」

「要不吃完宵夜去我那裡？要不直接去也行。就這附近，走路五分鐘。」

「那走吧。」

「太冷了不想走。」

我伸手招了部排班的計程車。

「那我先送你回去，然後再回住的地方。」

排班的計程車開到我們旁邊停下，我認真地考慮了一下。

「你不上去？」

「不了，明天一早還有事。」

我拉開車門，等著她先進去。

「早知道就不出來了，」她看起來很不高興，「我朋友還在裡面，本來找我去吃宵夜。」

她拿起電話，但沒有打通。

「你車還坐不坐？」計程車司機問我。

「對不起，可不可以等我一下。」

「那你把門給我關上，你們不坐別人還等著坐呢。」

我才關上門，車就退了回去。回過頭，小西已經走得有點遠了。看著她的背影，我突然很過意不去。

「等等。」我追了上去。

「是不是改變心意啦？」她轉過身來問我。

「謝謝。還有，對不起。耽誤你這麼多時間。」

「沒事，你先走吧，我回店裡找她們。」她說完又撥起手機。

「我陪你走回去好了。」

「哎呀，不用了，你快走吧。」

我伸手招了計程車，同一台車又開了過來。

小西還站在路邊。我掏出皮包拿了幾張百元大鈔，抓起她的手。她的手又冰又軟。我把錢放在她的手裡，迅速地說了再見。她收下錢，連看也沒看我一眼。

車子上了高架，我才覺得自己好像有點醉了。我搖下車窗，任冷風噗噗地打在臉上，拿出手機，找到小西的電話，看了一陣，然後刪了。

11

「早啊。今天有什麼計畫？」

我抱著盥洗用具準備到浴室洗澡時，在餐桌前吃早餐的吉米問我。

「早，我先去洗個澡。」

洗完澡出來，桌上已經多了一份餐具，盤子裡有火腿、培根和太陽蛋。

「這麼豐盛。」我用手抹掉額頭上的水。

「土司正在烤，兩片夠不夠？不夠的話，我要阿姨再烤。」

我這才注意到家裡還有別人。

「夠了，不用麻煩。」

阿姨從廚房裡出來，放土司的碟子邊還附了小包裝的奶油和果醬。

「謝謝。」我拆開奶油，用刀子刮下抹在麵包上，「對了，網路好像要帳號密碼，我想查一下回去的班機時間。」

「幹嘛不多待幾天？等我忙完帶你到處走走。」他倒了一杯咖啡給我，「上海很好玩的，我找個人今天先陪你逛逛。」

我喝了口咖啡。「算了，不用麻煩了。」

「是個女的，」他拿起手機，「保證你們一定有話聊。」

「喂，李豔啊，你還在睡啊？現在幾點了還睡？」吉米把擦嘴的紙巾放在桌上，走回房間，再出來的時候，已經換好了西裝。

「約好了。中午直接在外灘的和平飯店碰面。」他把一個小塑膠袋放在我面前，裡面有張手機晶片卡，「這卡你就留著用，號碼我已經給李豔了，裡面的錢打完的話，到路邊的小賣店加值就行了。」

「這樣不好啦，我又不認識她。」

「放心，就當我找朋友幫我盡地主之誼，輕鬆點，晚上再跟你聯絡。」

吉米走了以後，我把早餐吃完，打開電視。

「這裡有裝衛星，用另外一支遙控器。」

阿姨把桌上的盤子端進廚房，然後熱心地教我怎麼切換頻道。我轉了幾台都沒有興趣，於是又換回一般頻道，在教導栽種農作的節目和講上海話的輕喜劇間跳來跳去。

「有沒有衣服要洗？」

「不用麻煩了。」

「不麻煩，拿給我吧，我一次洗掉。」她抱著一堆髒衣服，站在沙發後面，眼睛看著電視，「現在這時間有倚天屠龍記好看。」

她洗完衣服回來後，我把電視讓給她。她一邊看著連續劇，一邊把收下來的衣服摺好。

「你和李先生不大一樣，他都看洋文節目。」

「我英文不好，想看也看不懂。」

「我有看你們台灣的新聞，我真想問問，搞什麼獨立嘛，大家都是一家人不是？現在我們也有錢了，有什麼理由要離開這個大家庭啊。」我笑得有點尷尬，但是她沒有理會我的反應，「我有個姪女兒前幾年嫁到台灣，前陣子回來，說台灣也沒想像中的好，我們勸她回來，她也不要，說是住慣了。我想肯定不是這樣，台灣肯定有些地方是咱們這裡比不上的，你說是吧？」

「是啊，有好有壞。對不起，我先打個電話。」我敷衍了幾句，起身走向餐廳。「喂，劉哥，是我，請問，外婆還好嗎？」

「很好啊，昨天晚上給她吃了芝麻糊，她很喜歡，今天我會再帶過去，順便買些生餛飩讓她煮餛飩麵。要不我晚上到那邊再打電話給你好了。」

「也不用啦，你有去我就放心了。」

我掛上電話，倒了一杯冰水。

「可惜你中午要出門，本來想去市場買點菜，讓你嘗嘗我的手藝。」阿姨抱著摺好的衣服說完，開始抱怨起吉米浪費，常要她弄菜，在冰箱放了幾天碰都沒碰又要她丟掉，「他工作很忙的是吧？」

「應該是吧。」

「我問你，」她突然壓低聲音，「李先生不是台灣人嗎？為什麼他桌上的證件全是洋文？」

「這我不太清楚。」

「是嘛？我還以為他好好中國人不當，去當外國人呢。你說是吧？」

「你看到的可能是出國用的簽證吧。哪個國家發的，就會用那個國家的文字。」我把水一口氣喝完，「沒事的話，我先回房了，還有點工作要做。」

「沒事，你忙你的，我看電視。」

我拆開手機，換上吉米給我的晶片卡，然後動了動鍵盤上的紅點，讓電腦從休眠中醒來。螢幕上的字密密麻麻。我戴上耳機，拿著錄音筆，靠在床上，才聽了一段故事，就開始打哈欠了。

醒過來的時候，阿姨正蹲在床邊對我講話。

「老周，是老周講的，他那個時候跟在老大爺身邊。」

我嚇了一跳，趕緊坐了起來，把耳機從耳朵上扯下。

「沒別的事的話，我要走啦。」阿姨說。

「喔，好，再見。」我看看時間，「我也該出門了。」

我和阿姨一起進了電梯。

「去外灘是吧？」

「是啊。」

「我來了七年，只去過一次。」她搓了搓臉，抬頭看著樓層指示燈。

「那放假都去哪？」

「哪也不去，出門就得花錢，一年就過年的時候回家。我兒子現在上了大學，跟高中比起來，要多花好多錢。」

「這麼大啦？那以後可以指望他了。」

「現在的年輕人吶，我告訴你，很有自己想法，學得又快，一下對這個感興趣，一下又換了一個，每次說給我聽，我也不懂。唉，就看他自己想做什麼吧，我們做父母的就是盡量給他支持，讓他無後顧之憂。」

我等阿姨騎上腳踏車離開，才招了計程車。

和平飯店門口的門僮和前天是同一個，但他已經不認得我了。我尷尬地退到一邊，只見一個女孩子匆忙走來，臉蛋白裡透紅，個子比我還要高大。她拿起手機撥了電話，然後我的手機響了。

「是李豔嗎？」我走向她。

「是啊，真不好意思。你是不是等很久了啊？」

「沒有，我也剛到。」

「急死我了，那公車在高架上面拋錨，我看時間來不及，又招不到車，只好走下橋，結果攔了老半天也攔不到。早知道就直接搭出租車來，就為了省幾個錢，多費這麼多功夫。」她用衛生紙把汗擦乾，「江邊去過了沒？」

「去過了。」

「那往回走吧，我平常也不太來這兒。」

她帶我走的路線和我昨天走的一樣。經過人民廣場的時候，她在攤販前停了下來。

「要不要棉花糖？還是甜瓜？」

我笑著搖頭。

「你怎麼都不說話？有什麼心事嗎？」

「沒有，只是不知道該說什麼。」

「聽說你是個作家。作家應該有很多事想說。」

她問了一串問題，我都沒有回答。

「大家都問一樣的問題。」我說。

「每個人都問，就表示值得問。別人問你，你不回答，那別人怎麼能瞭解你。寫東西，不就是想讓人瞭解的嗎？」

我聳了聳肩，不曉得該怎麼回答。

「不然你講講台灣吧。你住台灣的哪兒？」

「我住在台北。」

「你覺得台北怎麼樣？」

「還不錯。」

「是怎麼個不錯？有上海進步嗎？」

「台北不會有這個。」我指著一張看板，上面寫著：做個文明人。

「那是寫給外地人看的。」她把頭抬了起來，「台北是不是也有這麼多高樓？」

「沒有。」

「不是有個么零么？」

「只有那棟比較高，其他都不高。」

「我也想去台灣，不過很貴，而且有錢也不見得排得到，得靠點關係。」

「是嗎？」我對這個話題也不感興趣。「你都還沒自我介紹。」

「好啊。你想聽什麼？」

我們沿著南京東路往下走，她從小時候開始講起。她有一個爸爸，一個媽媽，一個姥姥，老爺已經死了，住在松花江邊上。她的爸爸和媽媽都在工廠裡上班，從小是姥姥帶她去上學。最光榮的事情是選上少先隊的中隊長。

「這可是個莫大的榮譽。我原本覺得自己上不了，那些對手的後台都很強勁，但沒想到竟然選上了。那可是打破頭才掙來的。我爸爸媽媽高興死了，一家人還上館子吃飯慶祝，結果我爸喝醉了，打電話找了鄰居攙著才能回去。」

我問她什麼是少先隊，她說是少年先鋒隊。我沒聽懂，但是也沒有打斷，讓她繼續講下去。

「高三的時候，大家還在準備考試，我就申請到了大學，老師要我乾脆待在家裡，不要打擾同學讀書。我在家沒事，整天到網吧上網聊天交朋友，然後跟家裡丟了句話，就坐火車到北京去見網友。我在北京沒地方住，那網友幫我安排寄住在一個台灣來的姊姊家。我們這些白住的全窩在客廳裡打地鋪。我在那裡認識一個男孩，互相有了好感。他在北京唸大學，偶爾會來姊姊這裡幫她做研究。有天晚上其他人都睡了，就剩我們兩個沒睡，他一邊整理資料，一邊講了很多事情給我聽。他跟我講起他小時候的事，講著講著，我們就決定出發，離開北京，去上海。他說要讓我看看他小時候唸的學校和長大的地方。我們搭了最早的一班火車到上海。那時候上海根本不是現在這個樣，沒地鐵也沒這麼多大樓，我們住在小旅館裡，他連家也沒回。早上醒來，裹著棉被從旅館窗戶看出去，外面的房子亂七八糟的，老下雨，但我卻覺得幸福，甚至想結婚生孩子，連書都不想唸了。我跟那男孩子說我們結婚吧，他年紀大些，比較懂事，說等我唸完大學再結，我一想，還要分隔四年，那怎麼受得了。結果你猜我們在那小旅館待了幾天？」

「小心車子，先過馬路再說。」我說。

「十二天。沒錢了，沒辦法住了，那時真是青春啊。他帶我去見他的家人。他爸不在家，在外地當大學副校長。他媽一見到我，我就知道她不喜歡我。臉上掛著笑，每一個問題都命中我的要害。我待了一個晚上就不想待了。他勸我留下，我那時候脾氣也不好，我說我好歹也是爸爸媽媽的掌上明珠，不想在這裡受氣。他本來要和我一起回去，但是他媽不准，所以我自己搭火車回北京去了。

「我回到姊姊家，發現一個人都沒有，床墊棉被也收起來了。我問人都到哪兒去了，她說全都放假回家過年了。我的媽，我只顧著戀愛，什麼都給忘了。我趕去車站買票，票早沒了，黃牛票又貴得要命，我也沒錢買，姊姊說要不留下來，在她那兒過年。我本來說好，她一個人過年也怪孤單的，但是我想起爸爸媽媽和姥姥，又覺得捨不得，所以斗膽開口跟她借錢，買了張黃牛票回去。現在想起來，那個姊姊真是個好人。上大學的時候，我有去找她，但是後來她回了台灣，我再給她寫信，就沒收到回信了。可能是這樣，所以我對台灣人特別有好感。」

「你家裡見你回去不生氣嗎？」

「不生氣。我原本以為回去會被我爸爸毒打一頓，但想想他從小又沒打過我，應該是下不了手。我在家門口站了好久，不知道要不要進去，結果我姥姥看見我，護著我進去，我媽一見我就哭了。那天晚上，我爸借酒裝瘋，說我是他最愛的女兒，如果我出了什麼事，他也不想活了。肉麻兮兮的，邊哭邊講，我媽和姥姥在旁邊一直笑。我媽知道我在搞鬼，在廚房裡問我是不是交了男朋友。我照實說了，她只要求我一件事，就是把大學唸畢業，有個文憑，其他的她也不要求，反正以我的背景條件，不靠男人，要找到一份不錯的工作，不是什麼大問題。」

「爲什麼？」

「什麼爲什麼？」

「我是說，你有什麼背景條件。」

「我剛不是說我是少先隊的中隊長嗎，之後進共青團也當了幹部，以我的條件，唸書找工作問題都不大。」

「所以你是共產黨？」

「怎麼，共產黨讓你不舒服？」

「沒有，沒什麼感覺，只是問一問。」

「很多事，我說了你也不懂，這兒有這兒的規矩，就跟台灣也有很多事情，是我怎麼也不能理解的一樣。」

「嗯。靜安寺到了。」

「你累不累？要不要休息一下？」

「不會。那現在怎麼走？」

我們穿過高架橋，到了馬路的另一邊，轉了幾個彎，街道兩旁種了成排的法國梧桐。梧桐的樹幹斑駁，寬廣的枝幹上沒有葉子，陽光讓影子像是藤蔓攀爬在路面上。

「進去看看吧。」我說。

我們走進一棟經過改建，裡面隔成好幾個店面的老洋樓。她走上中央的樓梯，然後轉過身來，背對著陽光，「這種房子真好。」

「上去看看吧。」我說完跟了上去，二樓是間不開放參觀的瑜珈中心。

「累了，休息一下。」她在階梯坐下。

「我請你喝咖啡吧。我剛看到樓下有家咖啡店。」

雖然有陽傘遮著，但太陽很亮，光線和陰影在我臉上忽亮忽暗。我調整了位置，好避開太陽。

「這單子上全寫英文。」她低聲說。

我招來服務生，請他拿一份中文的菜單過來。

「後來呢？你剛還沒說完。」

「什麼後來？我忘了剛說到哪兒了。」

「你說交了男朋友。」

「後來我去找過他幾次。有天他突然不上網了，發電郵或短信也不回，我到學校去找他，也沒找到人。我沒地方住，又去找了那個姊姊，結果他留了一封信在那裡。信上說他要離開他心愛的北京，出國唸書去了，他曾經想過要不要問我的意見，最後還是決定不要。他已經承擔了太多來自家庭的壓力，沒辦法再承受我的情緒。他祝福我一切順利。他也一定會格外努力，畢竟他放棄了這麼多美好的一切。」

「嗯，年輕吧，很多事情，年輕的時候，」我不知道該怎麼表達，「都不太知道該怎麼處理。」

我拿起桌上的咖啡喝了一口，奶泡稀鬆，淡而無味。

「後來他回來過一次。想辦法聯絡上我，說要幫我出機票錢，要我到上海跟他見個面。我還以爲是他學成歸國要來跟我結婚。那時候我還沒搭過飛機，抱著希望去了一趟。他家換了新房子，幾十層樓高，裡面又大，一群人坐在電影裡面那種長桌子吃飯，還請了廚師來做外燴。我問什麼事情弄得這麼盛大。結果是他跟同學回來做海外參訪弄的派對。他的同學全講洋文，我半句都聽不懂。他媽過來和我聊天，問我大學畢業了沒，交男朋友了沒，之後有什麼打算。我沒理她。結果他媽建議我別來上海，說這裡太競爭了。這女人真厲害，拐了彎罵人，衝她這句話，我一畢業就來了上海，要證明我也可以在這裡立足。」

「之後就沒見了？」

「不了，不見了。大家在不同的世界。就把過去的留在過去吧。爲自己保留一點美好。」

我打了個冷顫，拿起菜單，想點些熱的東西來吃。

「你知不知道你剛喝的咖啡要多少錢？」李豔回頭看了一下，「一杯要四十塊！又難喝，簡直是搶。別點了，要吃我帶你去別的地方吃。」

下午三點半，我們坐在一家東北餃子館裡。店裡沒有別的客人，全部的人都忙著招呼我們。以兩計價的餃子、去了外皮的黃瓜、醬肘子、哈爾濱香腸、涼粉豆皮，一桌子的小菜讓我想喝些啤酒。

「喝啤酒只會更冷，你要喝小二，小二一喝身體就熱了。」李豔說。「服務員，來瓶小二。」

坐在門口抽菸的服務員起身從櫃檯後面把酒拿了下來。我扭開瓶蓋，喝了一口，然後往嘴裡塞了顆餃子。餃子大得超乎想像，我費了相當大的勁才吞下。

「是不是，渾身發熱。」李豔用筷子夾了片香腸放進嘴裡，又吃了塊醬肘子。「這好吃，地道。」

她幫我夾了一塊。

「嗯，好吃。」我又喝了口酒，這次感覺順口了點。

「對了，我問你，這些事會不會被你寫進書裡？」

我搖搖頭，然後笑了。

「你笑什麼？我常想，」她擱下筷子，用手指抹掉嘴角的醬，「如果有機會能當個女主角什麼的，讓大家都能看到，那該有多好啊。」她原本還想繼續講，但又停了下來，「算了，不講了。今天講太多話，累了。換你，你說你到底在寫些什麼？」

「其實，是有個老人要我幫他寫個故事。」嘴裡的黃瓜被我咬得很響。

「幫他寫？那你怎麼不幫我寫，我今天講了這麼多。」

「人家可是有付錢的。」

「講錢，俗氣。」她拿著筷子揮了揮，「你很貴嗎？」

「不講這個。你喝不喝？」

「平常不喝，但是今天可以，就當歡迎台灣同胞。」

她豪邁地乾了一杯。

我們一邊吃喝，一邊聊天，等我跟她講完老人的故事，天色已經暗了，館子裡坐滿了來吃飯的客人。

「我就說你到上海是來找靈感的，」她的食量驚人，把最後一顆餃子也給吃了，「我問你，那個老大爺是不是就是蔣介石？」

「不知道。他沒說，我也沒問。我自己是覺得應該是。」

「政治這種敏感的事啊，我建議你還是別提，不然在這兒肯定不能發行。」

「這不干我事，」我拿了張衛生紙，要她把嘴擦了，「我只是拿錢辦事，走吧。」

結帳的時候，整桌菜加上幾瓶二鍋頭，不過幾十塊錢。

「欸，我說，今天我請客，你別搶。」李豔拿出皮夾，數著零錢。

「沒道理你請，我出。」我壓了張一百塊在桌上。我發覺自己的音量有點大，回頭看了一下，沒人覺得怎麼樣。

「拿回去。來者是客。下午你請我喝過咖啡了。」

「誰的手機擺桌上？響著吶。」清理桌面的服務員叫著。

「喂，你喝大啦，連手機都忘了。」

我從服務員手上接過電話，回來時她已經把帳付了。

「是吉米。他說要跟你講話。」

我把手機交給李豔，一個沒拿穩，結果掉到了地上。

「唉呀，你小心點。他要跟我講什麼吶？」

「不知道，好像要叫我們去哪裡找他。」

「喂，我是，吃了，餓了就吃了。」李豔邊講電話邊拉我上了台計程車。「師傅，瑞金賓館。」

我只記得我們在一堵很高的圍牆前下車。我走了幾步，抬頭看著圍牆，李豔一把勾住我的手。

「走吧，吉米等著呢。」

我們走進兩旁樹木修剪得很整齊的小徑，四周很黑，只有我們踩在碎石子路上的聲音。我對著樹叢吐了幾口口水。

「早知道你不能喝，就不讓你喝這麼多了。」

「沒事。車子走走停停的，很不舒服。」

走出小徑後是一片很大的草地，草地的盡頭有座城堡。城堡的周圍擺了很多桌子，每張桌子上都放著一盞小蠟燭。

「這裡。」吉米朝我們招手，然後叫住一個端著盤子經過的服務生，「加兩張椅子。」

吉米簡單介紹了他的朋友給我們認識。有兩個是來出差的外國人，一個是吉米在美國唸書時的同學，現在回來接手父親的事業，還有一個從加拿大回來度假的小毛頭。

我們就這麼站著聽他們聊了些跟生意有關的話題。我發現那兩個法國人的英語只是一般，有些我聽不懂的句子，他們也是答非所問。

「椅子。我們等了很久還是沒來。」吉米攔住一個服務生。

「我等等幫你看看。」那服務生看來很匆忙。

「不行，現在。」

吉米不讓他離開。服務生也不示弱，最後吵得不可開交。

「你講不講理啊，事情總得有個先後次序。」

「你這什麼態度，叫你們經理過來。」

那兩個外國人喝完杯子裡的酒，把椅子讓給我們，說要去裡面的酒吧看看，找點樂子。李豔在附近繞了一下，一手一個，拎了兩張椅子回來。

「椅子還不容易，爲點小事這麼大氣。」她說。

外國人走後，吉米和朋友的談話也從英文變成了中文。我插不上話，只好喝著杯裡的紅酒，看著遠處的大樹。那棵樹旁邊什麼都沒有，因而顯得非常特別。喝過了小二，紅酒像是果汁，但才喝了兩杯，我卻發現腦袋不太聽使喚，連樹看起來都不太像樹了。

「沒辦法，台灣工錢太貴，沒有利潤。」吉米的同學說。

「那也只能這樣，生意就是生意，市場也在這裡，」吉米看了小毛頭一眼，「你別老打電動玩具，一起來聊天。」

「我不懂生意的事，也沒興趣。」

「你可以跟作家聊天，他是個作家。」

小毛頭把頭抬了起來，「你寫的是中文還是英文？」

「他寫的是中文。」吉米幫我回答。

「那等到翻譯成英文，再寄一本給我，我會看的。」小毛頭說完又繼續打他的電動玩具。

「現在這邊規定越來越嚴，很多優惠也沒了，薪水又一直漲，我爸想把廠搬到更裡面的省分去，但是這樣運送成本會變高，而且那邊現在說是歡迎，到時候還不是要重新打通一次，搞不好搬到東南亞還比較划算。」吉米的同學抱怨。

「我說你在你爸面前幫忙說些好話，找天大家一起吃飯。」吉米對小毛頭說。

「我看他自身難保。」小毛頭冷冷地回答。

「搬到別的地方，那原來的人怎麼辦？」我問。

「不得不這樣，薪資成本太高了。」

「高？你是跟美國比，歐洲比，還是日本比？」

「你喝多了，李豔你再幫他倒杯水。」吉米說。

「沒喝多，我已經醒了。」

「你說的問題是全世界都要面對的問題，我沒辦法回答。」

「我的問題是想賺錢的人要面對的問題，不是全世界的人要面對的問題。」

「每個人都想賺錢，你不能否認。」

「有些人賺錢只是爲了有飯吃，但有些人爲了賺錢讓人沒飯吃。」

「吉米，你朋友不也是從台灣來的嗎，怎麼聽起來像共產黨？」吉米的同學說完，自以爲幽默地笑了。

我本來想打他一個巴掌，最後只拍在桌子上。

「媽的，誰跟你也從台灣來的？媽的，說什麼這裡好，建設好，機會好，薪水好，但是我怎麼覺得你們眼裡全都是錢。覺得這裡可以賺錢，又可以省錢，買房子便宜，請傭人便宜，叫小姐便宜，但是你們有沒有想過，你們在國外會這樣嗎？坐在這裡喝紅酒？罵服務生？走後門？會有人鳥你們嗎？」

「別再說了。」李豔用手頂了我一下。

「爲什麼不能說，我告訴你，就是有你們這種人。」

那兩個外國人走了回來。

我還想再說，但李豔摀住了我的嘴。

「你別丟人現眼。」

「算了，不說了。」我喝完杯裡的紅酒，起身讓出位子，才想起還有兩張空椅子。我不想再坐下，索性決定走人。

「你走不走？」我問李豔。

她看著吉米，露出爲難的表情。

「你不走，那我走了。」

李豔站了起來。

「錢，我也不知道要多少，這裡應該夠了。」我對吉米說完，從口袋裡掏出一疊鈔票放在桌上，「那，再見。」

12

醒來的時候，天已經大亮。我看著天花板，不知道自己人在哪裡。已經一連幾天都是這樣了。我從床上坐起來，覺得全身痠痛，特別是膝蓋。捲起褲管一看，原來瘀了一大塊。我在屋裡巡了一遍。沒人，空蕩蕩的。

手機也沒電了。

我覺得有點餓。廚房裡有廚具，但沒有冰箱。相連的餐廳和客廳，兩面都有可以採光的大窗。我站在靠近餐廳的窗，看著小區內的其他大樓，大樓的外牆是白的，上面開了許多綠框的窗。有的裡面堆滿了東西，也有的布置得很雅致。一個打著赤膊的男人在客廳裡抽菸，一個女人跪在地上擦地，一個坐在輪椅上的老人正在看我。

我轉身避開後，覺得自己又臭又髒，走進浴室想要洗澡，但裡面什麼都沒有。我用水洗了把臉出來，走到客廳的窗邊。

對面馬路上，足浴按摩店的員工在人行道上聊天，隔壁是家地產仲介。一個留著長髮，穿著毛皮大衣，拎著綴有亮片的包包的人正在攔計程車。

「起來啦？我買了些吃的。」

李豔提著大包小包的東西進門。

「看什麼吶？」她把袋子放下，遞了一罐涼茶給我。「對面社區住的都是二奶。」

「是嗎？」

「你看那個，不像嗎？一副二奶樣。」她指著那個正準備上計程車的女人。

「你家怎麼什麼都沒有？」

「這裡不是我家。」

「不是嗎？那我們怎麼會在這裡？」

「昨天跟你講的你都忘啦？下次知道自己不能喝就別喝這麼多。一早吉米給我打了電話，關心你的狀況。」

「然後？」

「其實昨天晚上我也覺得不大舒服。」她彎下腰，從袋子裡拿出一碗泡麵。

我試著回想昨晚的事，但一點也想不起來。

「我們這兒很多人也不喜歡那些海歸。本事不見得真有，卻老以爲自己了不起，跩得跟二五八萬似的，但是動手還是不對。」

「動手？」

「你揍了那個小伙子，你連這也忘啦。」

「揍他？我爲什麼要揍他？」

「他說你是酒鬼。」她把泡麵撕開，「又說你是台巴子。」

「然後？」

「你搧了他好大一個耳刮子，還踩爛了他的遊戲機。」

「他沒還手？」

「怎麼沒有？桌子都給翻了，只是被吉米抱住了。那孩子肯定有點來頭。」她把調理包倒進碗裡，「哎呀，我忘了飲水機還沒送來。」

她把泡麵放回桌上，拆開一包洋芋片。

「電話借我一下好不好？我的沒電了。」

「就桌上，你自己拿吧。」

「知不知道吉米電話？」

「最後一個打來的就是他的號碼。」

我拿起電話。「喂，吉米嗎？是我。」

「醒啦？我在機場，臨時得去北京一趟，想說落地再打給你。」

「昨天真抱歉。」

「沒事，你喝醉了啦。」

「那小子，還好嗎？」

「沒事。掉了幾滴眼淚，說他爸媽也沒這樣打過他。」

「對不起，害到你了。」

「還好，這裡這種人多的是，再找就行了。好了，我要登機了，反正你有鑰匙，我跟阿姨交代過了，她早上還是會來，幫你弄點吃的，洗洗衣服。」

掛了電話，我跟李豔說我該回去了。

「吉米說啥？」

「他說他要去北京一趟，過兩天回來。」

「那我看你就留在這裡吧。」

「我有鑰匙。」

「吉米對你還真好，他從來不讓人去他家的。他不在，你一個人那多無聊。」

「我整理整理，也該回台灣了。」

「不是說好今天要幫我整理房子嗎？算了，隨你，要走也留不住。」

眼前的房子什麼都沒有，根本不需要整理。

「好吧，那我先去拿行李，其他的回來再說。」

「你要不洗個澡再去？算了，你這褲子髒成這德性，洗了也是沒用。你去吧，快點回來，有事給我電話。」

李豔穿著浴袍幫我開門，浴室裡還冒著熱氣。我把背包拎進客房，拉開拉鍊，取出電腦和衣服，找出手機充電器。

「你也去洗個澡吧。髒衣服等等我拿去樓下洗衣店洗了。」她把浴巾和浴袍交給我。

「你買的？」

「難不成天上掉下來的？」

「袍子不用了，我用浴巾就好。」

「隨你。等等如果覺得冷，就把燈霸打開，最右邊的那個按鈕。」

洗完澡後，浴室裡全是霧氣，李豔站在門邊跟我說話。

「我剛想啊，要不你多留幾天，我們一起去附近走走，去個烏鎮還是周庄什麼的，然後再一起回去。」

「你也要去台灣？」

「神經，我回老家去。」

「不回來了嗎？」

「能不回來嗎？不回來要怎麼賺錢。」

我用浴巾擦著頭髮，走到窗邊曬太陽。

「你說，這房子不錯吧？」

「嗯。採光很好。」

「我也這麼覺得，不過我買不起。要不你買一戶，我幫你看房子。」

「我？我幹嘛在這裡買房子？你是賣房子的？」

「誰賣房子，你才賣房子的。這房是我姊妹的，她早幾年買了戶預售屋，趁漲賣掉換了兩戶，再賣掉，一口氣買了六戶，什麼都不用做了。現在又交了個洋人，幫她把房子全租給他的洋人朋友，兩個人去歐洲度假了，要我在這裡幫她監工。」

「喔。」

「那不然你去紐約買，我好想去紐約啊，電影把那裡拍得好美，那個叫什麼公園？」

「中央公園。」

「是啊，就是中央公園。在那裡跑步一定特別有氣氛。」

「跑步？爲什麼要跑步？」

「我以前是跑步的，還是我們縣裡長跑的代表選手，你肯定跑不過我。」

「那爲什麼不跑了？」

「人的能力總是有個限度的，一直進步不了，也就下來了。」

我看著窗外，太陽把大樓照得白亮。

「上海下雪嗎？」我問。

「我是沒見過。我來的前一年，聽說下了場大雪。不過跟我們那裡比起來肯定算不了什麼。我們那邊啊，雪是鋪天蓋地的下，連屋頂都常給壓壞。」

「對了，這裡可以上網嗎？我想查一下航班時間。」

「現在沒辦法，裝機子的晚點會過來。我說你幹嘛急著要走呢？女朋友在等你啊？」

「我？不是。」我結巴了起來，「我，我有稿子要趕，沒辦法待太久。」

「我看你不是帶了筆記本？那不是在哪裡都可以寫？」話才說完，電鈴就響了。「來了，送家具的來了。你幫我去開個門，我換個衣服。」

打開大門，一個工人站在門口。

「這桌放哪兒？」

他擦掉額頭上的汗，指甲裡藏滿黑垢。我看了看他身後的書桌。

「只有你一個人？」

「他們先下去了，還一大堆東西等著上來。」

「來了，我來，你進去吧。」李豔說。

「沒關係，我幫他搬一下。」

「那就來啦，一，二，三。」工人說。

「等等，等等。」我沒想到會這麼重。

「我自個兒來吧，你別把腰給閃了。」

「沒事，剛沒準備好，再來一次。」

搬完桌子後，我站在一邊休息，看著工人們進進出出，把書架、立燈、單人沙發、小桌、地毯陸續搬進客房。

李豔走進房裡，確定家具都到了定位。

「你不是要趕稿子嗎？就用這兒吧。」

我不知道該怎麼接話，只好取出電腦。李豔把門帶上，只剩我自己留在房間。其實這房間除了書架是空的，幾乎是我夢寐以求的書房。不知道是不是環境舒適的關係，我的效率非常好，修改出乎意料地順利。完成兩章後，我發現自己手腳冰冷。

「你在幹嘛？」李豔敲門進來。

「起來動一動。那是什麼？」

她手裡的紙杯正冒著煙。

「速溶咖啡。」

「你怎麼知道我想喝咖啡？」

「飲水器送來了，我在試熱水溫度。」

「是嗎？」

「我是來看看你有沒有在認真工作。」

我回了她一個不耐煩的表情。

客廳傳來砰砰的聲響。

「唉呀，又搞什麼，弄得跟打仗一樣。」她把咖啡放在桌上，「你要喝就拿去吧。」

我喝著咖啡，聽著故事。最後一章大都是老人的獨白，幾乎不用修改。我突然可憐起老人。摘下耳機，闔上電腦，我走出房間，還以爲自己走錯地方了。飲水機、冰箱、電視、沙發、茶几、床墊、冷暖氣機，樣樣不缺，甚至連碗盤餐具都有了。

「來，正好，你幫我試試，看網路能不能用。」

「怎麼這麼快？」

「快？我還嫌慢哩。你得習慣祖國的速度。」

「我的電腦行，別的肯定也行。」旁邊負責安裝的人說。

「你還是去幫我試試，不然出了問題，那洋人跟我講洋文可就要命了。」

我拿了帳號密碼連上網路，但是網頁開得很慢。

「你是連哪兒？應該不會這樣的。」那人看著我的螢幕。

「台灣的新聞網站。」

「那當然慢，能連就不錯了，換個這裡的網站試試。幫幫忙，我趕時間吶。」

我讓他輸入了網址，果然暢行無阻。

「確定沒問題嗎？」李豔問。

「應該是。你自己試試好了。」

「唉呀，算了，你這鍵盤我不會用。」

「沒問題的，我裝了多少機子，沒出過問題。」

李豔拿了罐涼茶給他，那人一口氣喝完，把罐子丟在裝家具的紙箱裡。趁李豔送他出門的空檔，我打開EMAIL信箱，然後把手機換回台灣的晶片卡，打了通電話回去。

「喂。安惠嗎？是我，我稿子整理好了，想寄給你看看。」

「這麼快？好啊。但我晚上有事，回家再幫你看可以嗎？」

「當然，不急，你忙。」

「你晚上有沒有空，我有多一張影展的票。」

「是嗎？但是我現在人在上海。」

「啊？」她聽起來很驚訝，「那先不說了，長途電話很貴，其他等你回來再說吧。」

我掛了電話，覺得不太對勁，卻又說不上來爲什麼。

「終於像個家了，就差裝碟的了。」李豔癱在沙發上說完，把手伸向我，「你的小說拿來看看吧。」

我不知道該怎麼拒絕。「都在電腦裡，自己去看吧。」

「我沒辦法用電腦看東西，太累人了，看到最後連看了什麼也不知道。」

「那就沒辦法了。」

「對了。」她坐了起來，「那兒有印表機，要不你印出來給我看。你順便幫我裝上吧。」

我往她指的地方看，地上放著一個紙箱，型號和我用的一樣。

「別放桌上，隨便放哪兒。」

我把印表機搬進書房，和電腦連接好後，連驅動程式都不用安裝就可以印了。我把字體轉成簡體，按下列印。

機器發出警示。

「沒紙。」我從房裡出來。

「怎麼會沒紙呢？」她起身從紙箱拿出一包列印紙，「也不找找。」

我按下OK，印表機的燈號轉爲正常，飛快地吐出一張一張的稿子，有些還飄到了地上。

我把稿子排好，交給坐在地毯上的李豔。

「怎麼只有一章？你幹啥不乾脆點，一次全印出來呢。」

「不在同一個檔案，沒辦法一次印完。」我在書桌和印表機間往返。印完稿子後，我突然覺得好累，趴在書桌上，很快就睡著了，直到李豔把我搖醒。

「喂，我問你，這故事是不是真的？」

「不知道，我只是寫下來而已。」

「這種說法太不負責任了。」

我從餐桌拿了包即溶咖啡，把熱水加進紙杯，回到房裡。

「我以爲你們台灣很自由呢，沒想到也有那種事。」

「那是很久以前的事，現在不會這樣了，起碼隨便槍斃人是沒有的。」

「都沒聽你講過政治，你們台灣人不是特別愛講政治的嗎？」

「我是台灣人沒錯，可是我不愛講政治。」

「你們電視上不是都在播這種節目嗎？整天罵啊罵的，什麼都罵，誰都可以罵，我們這裡就不行。」

「不是不行，是你不敢。」

「我不跟你講這個。你們台灣人不會瞭解的。」

我聳聳肩，喝了口咖啡。

「你覺得台灣好，還是大陸好？」

「各有各的好吧，每個人角度不一樣，不過問我的話，我當然覺得台灣好。」

「爲什麼是當然？這裡不好嗎？你說你不關心政治，那除了政治，你們有的我們這裡也都有。」

「我不是不關心政治，只是不愛講政治。」

我走向窗台，窗外的天色已經暗了，馬路邊火紅的炭爐冒出火星，小販翻動著上面的肉串，一群人縮著脖子在一旁聊天。

「所以你是覺得台灣的政治好囉？」

「我說台灣好，是因爲我住在那裡，那裡是我家啊。」

「誰說家就一定好，我就覺得這裡比我老家好，而且你這不是也來了嗎？」

電鈴又響了。這次是裝碟的。

「我說你也來得太晚了吧，說好幾點的，天都黑了才來。」李豔說。

「白天來也行，只是被人看到，到時候給檢舉了，我錢還是要照收的。」

「什麼話，晚上就沒事？遲到就遲到，理由一堆。」

「這區是不給裝的，違法的啊，姑娘，我可是冒險幫你裝的。不信你去問問樓下門衛，前幾天是不是還拆了一個。」

「不能裝你還在電梯裡貼電話要人找你裝碟？胡說八道。」

「是，是，我胡說，你清楚。碟裝哪兒，後陽台吧？」

「別人裝哪就裝哪吧。」

裝碟的師傅扛起大碟，走到廚房外放熱水器的陽台，扶著隔壁的牆壁爬了出去。我站在門邊等著，深怕他一個不小心掉下去摔死。

「去幫我看看。」師傅探頭進來。

「開電視。」我對李豔說。

李豔拿起遙控器切換到衛星頻道，螢幕先是出現藍色的畫面，然後閃了一下。

「行啦，有了，什麼都有了。」

李豔不斷地轉台，每當我才正要注意節目在說些什麼時，又換到了另一個頻道。我有點煩躁，又不好意思制止，於是回到書房，撿起散在地毯上的稿子。這是我第一次用簡體字看自己寫的稿子，雖然我已經知道內容，但讀起來的感覺卻不一樣。

明明是我寫的東西，卻變得不像是我寫的。

過去當我讀稿子時，心裡聽到的是自己平常說話的聲音，可是用簡體字讀起來，腔調卻變了，北京話、上海話、李豔的東北腔、外公的湖南腔、雜貨店老闆的山東腔，還有好多好多人的口音。我一開始感到有趣，隨即覺得困惑。

我的世界好像被搞混了。

這讓我很不踏實，我拿起手機打了通電話回家。

「喂？聽得到嗎？」

「喂？」

「婆婆啊？是我，我在上海，你好不好啊？」

「啊？」

收訊似乎不太清楚。

「我說你好不好啊？吃飯了沒？」

「啊？」

「他們有沒有來看你？」

「有，還帶東西來，要他們不要帶了，吃不了。」

「好，沒事了。我很快就回來。再給你打電話。」

「好。再見。」然後她掛了電話。

我又打給小華，他正在金峰吃飯。

「等等會帶份肉羹飯過去。」他說。

「我剛打回去過了。這幾天有什麼事嗎？」

「沒事，你放心。等一下，劉哥說要跟你講話。」

李豔走了進來。

「我要叫外賣，你想吃什麼？」

「都可以。」我指了指電話，她點頭退了出去。

「我想帶份蛤仔雞湯過去，她喜不喜歡？還是苦瓜排骨湯？」劉哥說。

「都好，你決定吧。」

「她還有沒有想吃什麼？」

「我怎麼知道。哎呀，長途電話不講這個啦。謝了，回來請你們吃飯。」

掛了電話後，我又讀了一次稿子，這次說故事的聲音變回了我自己的聲音。

「吃飯了。」李豔叫我。

我走到客廳，一個穿著夾克的孩子胸前背著保溫袋，站在門口數著手裡的錢。

「你要不要進來？」我問。

「不用，」他看了看我，「趕著去別的地方。」

他的臉凍得通紅，手指僵得連有幾個銅板都點不清楚。

「別找了，多的就收著吧。」我說。

「謝謝。」

「沒事，路上小心點。」

走廊一片漆黑，我等他進了電梯之後，才把門關上。

「那孩子呢？」

「走了。」

「找的錢呢？」

「我要他別找了。」

「那可是好幾十塊錢。」

「算了，人家也辛苦。」

「幾十塊錢，很多人一天還掙不到呢。送個東西也不小心點，湯還給漏了，弄了我半天。」

她邊說邊把裝了湯的鍋子端上餐桌，然後從塑膠袋裡拿出透明盒子。油豆腐、海帶、豆干、滷蛋、炒米粉、三層肉、菜脯蛋，全是台灣菜。

「我怕買別的你吃不習慣，買這個比較保險。」

她把紙碗的蓋子打開，裡面是滷肉飯。

「太巧了，我剛打電話回去，我朋友正在吃滷肉飯。」

「是麼？這店很多台灣人吃了都說和台灣的一樣，你吃看看是不是真的。」

我拆開筷子，把飯撥進嘴裡。味道非常道地，讓我想起當兵時在錦田路上吃過的滷肉飯。那家店只在中午做生意，四周總是停滿客人的摩托車和汽車。他們的貢丸、滷蛋、虱目魚肚跟油豆腐也很好吃。我想起了店名，叫做郭記肉燥飯。

「這叫肉燥飯。」我說。

「有什麼不一樣？」

我答不出來，拿起外送用的廣告單，上面寫著魯肉飯。

「這寫錯了，滷是三點水加一個鹵素的鹵。」我說。

「魯肅的魯就是魯肉的魯。」

我用手指在桌上寫了滷這個字。

「沒這個字，我只看過這個。」

她想了一下，寫了一個鹵。

「因爲是用水煮的，所以我們有個水字邊。」

她要我再寫一些和他們不一樣的字。

我寫了一個廠，工廠的廠。

「因爲裡面很寬敞，所以有個敞。」

「不是這樣，工廠裡面空蕩蕩，所以裡面什麼都沒有。而且上面也沒一點。」

「工廠有煙囪，所以上面有一點。」

「瞎扯，幾千年前哪有那玩意兒？」

「你才亂掰，工廠裡沒機器哪算工廠。」最後我做出結論，「反正今天吃的是肉燥飯。」

「隨你吧，反正我是有得吃就好，叫啥根本不重要。」

我把桌上的菜都嘗了一口，味道和台灣沒有兩樣。

「今天跟你說的考慮得怎麼樣？」李豔問。

「什麼怎麼樣？」

「多留幾天啊。」

「嘖，我真的應該要回去了。」

「不是說來玩的嘛？才來這麼幾天。」

我把來上海的真正原因和她說了，又大概說了一下小時候和韓吉跟小丘之間的事情。

「我說這女的分明是在利用你，」她把最後一塊油豆腐放進嘴裡，「而且有什麼事不能電話裡說，非得要你跑一趟。」

「我想她有她的理由吧。」

「好吧，送佛送上天，我來幫你打聽打聽。」她給自己添了碗湯，「先說，找到了我有什麼好處？」

「你要什麼好處？」

「如果你當我是朋友，那我就當是幫忙。如果不是，那就得拿東西來換。」

「應該算是朋友吧。」

「你都跟你朋友一起睡覺的嗎？」

「啊？你說啥？」

「開玩笑的，瞧你那認真的樣子。」

她一邊收拾桌子，一邊打起電話，有幾通還天南地北地聊了好久。

「好了，能打的都打了，就等消息吧。」

「真的會找到嗎？」

「誰知道，聽天由命囉。哎呀，糟糕，一講就忘了時間，康熙都開始了。」

李豔看電視的時候，我在一旁打盹，偶爾被她誇張的笑聲吵醒，直到節目結束，我都沒能真正睡著。

「好啦，看完啦，」她打完呵欠，伸了一個懶腰，「累了一天，睡覺吧。」

「我就睡這兒好了，挺舒服的。」說完，我在沙發上躺平。

「睡這兒晚上冷，書房也沒床，就像昨天一樣擠擠，湊合湊合，開一台空調就行了。」

我走進臥房，躺在床上，有了床墊的床變得很舒服，調整了一下枕頭位置，盯著天花板發呆。

李豔洗完臉進房來，瀏海還是濕的。

「你怎麼還不睡？我要關燈了。」她說。

「奇怪，明明很累，躺下來又睡不太著。」

她把燈關了，走到床的另一側，抖了抖被子，然後躺了下來。

「昨天我也睡不著，你倒是呼呼大睡。」

「爲什麼？」

「昨天晚上，我躺在床上，木板硬得要命，讓我想起小時候，有天在學校裡身體不舒服，老師要我回家休息。我回到家，看見我娘躺在炕上正在做那檔事。我娘見著我，直對我揮手，要我走開。我跑回學校，老師問我怎麼了，我只說我沒事了。下課回家後，晚飯餐桌上見著我爸，我才想著，到底下午看到的是不是他。但是我怎麼也想不起來那人的樣子。我想我當時是嚇壞了，見到什麼全都給忘了。這問題，我一直藏在心裡，直到我剛到上海的那年，我爸生急病，拖了好幾天才送去醫院，還沒到醫院就在路上死了。我回去奔喪，在家裡幫忙洗米的時候，忍不住問起我媽這件事。她冷冷地對我說，你現在提這個事適當嗎？有什麼意義？重要嗎？

「然後我也沒再多問了，但是這事其實對我是很重要的。我爸是個老實人，以前在工廠裡掙不了幾個錢，但給我買筆盒、買作業本、買鞋，從來沒小氣過。後來環境好了點，又說沒錢供我出國，心裡很過意不去，要我未來找個好對象，別讓自己受苦。我到了上海，最惦記的就是他。他走了，我也沒什麼理由回去了，我媽跟她現在的男人過得也挺好。」

我突然靠向她，鼻子就快碰到她的耳朵。

「你想幹嘛？」她問我，但沒有閃躲。

我搖搖頭，躺回自己的位置，摸了摸她的頭。

「別難過了。」

「沒難過。只是說件事罷了。」

她的頭髮摸起來很軟。

「我跟你說件事，你認真聽好。」她轉過身來，看著我的眼睛，「我們不能發生關係的，如果真的發生了，你就回不去了。知道嗎？」

「嗯。」我想著這句話到底是什麼意思。

「聽到了沒有？」她推了我一下，我沒有回答。「聽我的沒錯，快睡覺吧。」

「其實，我也不是沒想過。」

「別說了，就算你想留下來，最後也還是會走的。我們不是同個世界的。等你走了以後，你就會懂了，所以快睡吧。」

睡著以後，我做了好多的夢。我夢到外婆，夢到小華、老劉、吉米，和年輕時的韓吉，我們坐在草地上聊天。我還夢到大海。白天的大海，夜晚的大海。我告訴自己醒來時要記得這些夢，但睜開眼後，卻怎麼也想不起細節。

13

我的喉嚨很乾，起身想倒杯水喝，沒想到窗外的天色湛藍，紛紛點點。雪？

我看著李豔，她睡得很熟，發出很重的呼吸聲。我不想打擾她，獨自站在窗邊。小區裡的每扇窗戶都緊閉著，裡頭漆黑一片。唯一亮著燈的那戶人家，魚缸裡的紅龍緩慢地游著。

世界好像被大雪封住了。

我走到客廳，馬路對面的大樓屋頂、陽台、窗框，所有露在天空下的地方全都是雪，路上一個人也沒有，只有幾道車輪駛過的髒灰。

我突然覺得好冷，原來是自己打著光腳。我躲進被窩，被窩非常溫暖。

「你腳怎麼那麼冰吶？」李豔轉過身來，摟住我的頸子。她的眼睛沒有睜開，呼出的氣息像花，濕暖帶著甜味。

是做夢嗎？

我屏住呼吸，緊繃的神經讓身體變得僵硬。

「怎麼啦？」她摸著我的頭髮，聲音聽起來還沒醒。

「外面下雪了。」

我躲進她的懷裡，找了一個舒服的姿勢。

「下雪有什麼大不了的，快睡吧。」

陌生而熟悉的感覺讓我又睡了過去。

再睜開眼時，李豔正看著我。

「終於醒啦。」

她的心情看來很好。

「現在幾點了？」我問。

「快中午了。」

我迅速坐了起來，沒想到自己會睡這麼久。

「運氣真好。剛接到老鄉的電話，說找到人了。」

「怎麼可能？」

她猶豫了一下，然後說：「不怕你笑，我有個姊妹在夜總會做事，當服務員，她們之前有個男經理的台灣客人，喝醉的時候講了些事情，跟你說的朋友挺符合的。那個經理後來離職了，剛剛她在路上恰好遇到，她說等等會再給我打電話。」

我想起那天在夜總會遇到的服務員，她一直跪在墊子上，除了倒酒陪笑，偶爾還要負責炒熱氣氛。然後我想起小西，但已經有點忘了她的樣子。

「喂，昨天不是說要給我好處？」

「不是說不用？」我問。

「我反悔了，因爲我把朋友在夜總會上班的事告訴了你。如果哪天你和她見了面，那我可會對她過意不去，所以還是先拿些好處，就當是精神賠償。」

「我不管。」

「我不覺得我會見到，而且又不是什麼不正經的工作。」

「你要什麼好處？」

「把我寫進故事裡。」

「嗯？」我沒聽懂她的意思。

「怎麼？不行嗎？」

「我沒有什麼故事，昨天你也看過了，是別人的故事。」

「哎呀，那你把裡面的名字換成我的，我好跟朋友炫耀炫耀。」

「你開玩笑。」

「誰跟你開玩笑。」

她的手機響了。

「來了，有消息了。」

她用我聽不懂的家鄉話聊了一陣，然後指著外面，比了寫字的動作。我踮著腳跑到客廳，打開她放在沙發上的包包。找筆和筆記本的時候，我瞄見了一盒保險套。

「喏，拿去，打這號碼。」

她講完電話，把寫了電話的紙撕給我。

我把紙摺了起來，握在手裡。

「你記不記得今天早上的事？」

她的問題讓我有點緊張。

「什麼事？」

「你好像在哭。」

「不記得，做夢吧，可能是做夢了。」我摸了摸眼角，把眼屎摳掉。

「夢到什麼好哭？」

「不知道，夢怎麼會記得。」

我走出房間，拿手機撥了紙上的號碼，對方接了起來。

是韓吉的聲音沒錯，他要我先回答幾個問題。

「阿強小學三年級的時候，參加一百公尺賽跑，得了第幾名？」

「啊？什麼意思，我不懂。」

「我再問一次……」

「等等，我想起來了，我記得阿強，他的哥哥玩水淹死了，」我想起那天警車停在村子口的畫面，「但是我不記得他賽跑得第幾名。他哥叫……蜻蜓，他哥叫蜻蜓。」

電話那頭沉默了一下。

「中午十二點到和平飯店門口，我會派人到那裡接你。」

「好，等會兒見。」

我掛了電話回到房間。

「還真的找到了。」說完，我把髒衣服摺好，塞進背包，又到書房把電腦和稿子拿了過來。

「就這麼走啦？」

「也沒什麼行李，就先收拾了。」

「你覺得，你覺得我們現在是什麼關係？」

我把電源線纏好。「比朋友再好一點。」

「那是什麼關係？」

「是種特別的關係。但是，不是男女朋友的關係。」

我之所以強調，是怕她誤會，覺得我把她看輕了。

「我也不想戀愛。戀愛很好，但太累了。談戀愛要能量的。我沒有能量了。而且，再失敗，我就完蛋了。你不會懂的。」

她自顧自地說完，我沒有再回話。

「你什麼時候走？」

「差不多要出發了。」

「走了，我們就不會再見面了吧？」

「嗯？會吧，我會再來的。」

「是嗎？你就算來也不見得會找我。才認識兩天。」

「會啦，我在這裡也沒什麼朋友。」

我把背包拉鍊拉上，靠牆放好。

「有件事，我決定要跟你坦白。」

「喔？什麼事？」

「我有男朋友的。」

「是嗎？」

我點了點頭，沒什麼特別感覺。

「在老家就認識了。」

「是嗎？」

「你不想知道嗎？」

「還好。但是，如果你要說，可以說。」

她猶豫了一下。

「其實我這次回去是打算把跟他的事做個處理。怎麼說呢，看是能不能繼續吧。能的話，也就要結婚了，不能的話也得說個清楚。他不想來上海，北京倒是去過一次，要他來這兒住更不可能了。他在我們那兒開了幾家超市，還算有頭有臉的，來這兒，誰認得，自我感覺肯定不好。」

「那你自己呢？」

「我？我沒這個問題，女孩子只要長得漂漂亮亮的，到哪兒都一樣。在這兒大家還注意我些。留在這兒跟回去，各有各的好。這兒好玩，機會也多些。老家悶得很，我也不想和我媽跟她的男人相處，不過以前的同學朋友都在那兒，有些時常打電話給我，還有幾個來找我玩過。他們挺羨慕我的，說我好本事。當然，也有人覺得我在這兒是做小姐的，但我無所謂，笑罵由人，就是有人見不得人好。而且回去，結了婚，肯定是要生孩子的。但是我還不想，我還很多地方沒去呢。我啊，本來只想來上海為自己掙口氣，沒想到卻待了下來。不過留在這兒，越來越看不到未來，要不你給個建議，我聽聽。」

「什麼未來？」

「在這兒能有什麼未來？一個外地來的女孩子，要靠薪水在這裡過日子，買房子，你知道，那是要有多大的艱辛，根本是件不可能的事。你說說，這樣有什麼未來。」

她越講越激動。

「年輕的時候還好，年紀越大，越覺得這樣的生活沒有重心，所以我想乾脆回家好了。其實我之前在這兒有個對象，不過後來分手了。」

「爲什麼？」

「沒未來，他有別的女人，不可能會娶我的。」

「嗯。」

「講出來舒坦多了。」

「那就好。」

「還好我們沒有發生關係，如果發生了，就不可能這樣跟你講話了。」

「嗯。」

「又在那裡嗯嗯啊啊的，我說啊，」她停頓了一下，我把頭抬了起來。「你有沒有一點點捨不得走？」

「嗯？多少吧。」

「那你走了以後，還會再來嗎？」

「剛不是問過了？」

「是嗎？再問一次，我忘了你剛怎麼說的。」

「我說會吧。」

「那，我等你吧。」

「等我？」

「你還算是個好人，等你回來，我們可以試著交往看看。」

我楞了一下，不知道話題怎麼會講到這裡。

「算了，還是別回來了，當我沒說過。」

「嗯，別等。就當我不會回來好了。」

「好。我知道了。不會等的。」

我為講過的話後悔。現在再怎麼解釋也解釋不清了。

「你們這些台灣來的，一聽女孩子說要等，雖然嘴巴都說別等，但是心裡卻希望女孩子等。更糟糕的是，你們壓根不相信女孩子會等。你們對自己根本沒信心，覺得只要自己前腳一走，女孩子後腳就會跟別人在一起。」

「我沒這麼想過。」

「越是會這麼想的，越會想回來。你不會這麼想，所以你一定不會回來。」

「這是哪門子推論。」

「我問你，你結婚沒？」

「沒，當然沒。」

「那你是嫌我不夠好，配不上你？」

「當然不是。我想我應該不會想住在這裡。」

「也不一定要住上海，我們可以回老家。我存了點錢，在那兒開間服飾店或什麼的，要不去台灣也行，只是聽說辦手續要花些時間，但那不打緊，總是會等到的，搞不好沒多久就統一了也說不一定。反正，我也不想再待在上海了，去哪兒都行，中國這麼大。」

「嗯。」

「別老嗯呀啊的，你倒是說說你究竟是怎麼想的？」

她坐了起來，把我拉到床沿，在她旁邊坐下。

「我？不知道，我沒有在想什麼。」

話沒說完，她就把我打斷。

「唉，這種事，得要有衝動才行，你這種態度，到頭來，想也會變成不想。」

「還是別等我好了。」

「好吧。我知道了。算了，你走吧，剛才的話就當我沒說過。」

她鬆開我的手，看著我，似乎在等我說些什麼。

「那，我走了。」

「走吧，不送了，記得把門帶上。」她背著我在床上躺下。

我拎起背包走出房間，把一疊鈔票放進她的皮包，進了電梯後，心裡突然非常羞愧。沒想到才走出大廳，就被人叫住。

「喂。等等。」

我回頭一看，是李豔。我以爲她要來還錢，盤算著該怎麼解釋，又覺得怎麼講都有點勉強。

「走。我們去滑冰。」她勾住我的手，拖著我向前走。

「滑冰？」我不懂她在說什麼。「但是我得搭車去和平飯店。」

「現在出租車走不了。」

「走不了？」

「你去看看外邊。」

她把我放開。我才走出大門就滑了一跤，她又伸手把我拉住。

「小心點。」

路邊的車被雪遮住了大半。空無來車的馬路上，有人在堆雪人，還有人在打雪仗。

「路太滑了，車子不上鍊是開不了的。」

她舉起手，一個推著雪橇的師傅在我們旁邊停下。

「師傅你說現在汽車是不是走不了？」

「走不了，肯定走不了，開了肯定要打滑，你看看，前面那車不是。」

一輛轎車橫在路邊，兩個輪子上了人行道。

「這是夢對不對？」我問。

「什麼夢不夢的，你自己看看，這是什麼？假得了的嗎？」

她彎腰抓了一把雪抹在我的臉上。

「師傅，到和平飯店。」她說。

「太遠啦，我走不了。」

「看在老鄉的份上，幫幫忙吧。」

李豔開了個聽起來不錯的價錢。師傅考慮了一下，然後打了幾通電話。

「這到底是怎麼回事？」

「好吧，幫你走一趟，上來唄。」師傅說。

李豔坐上雪橇，要我也坐上去。有些湊熱鬧的人靠了過來。

「走開，走開。別擋著路。」

師傅一邊叫嚷，一邊壓低身體使勁地推著。

雪橇動起來以後，一切容易了許多，而且沿路都有師傅的朋友或認識的人過來幫忙。他們一邊聊天，一邊吆喝，有的順路推了一段就走了，也有的累得推不動了才停下來目送我們離開。

「回來記得吃紅。」一個不小心滑倒的人坐在地上，吐著白煙，對師傅大喊。

師傅氣喘吁吁地擦了汗，一個字也沒應。

「我們下來幫忙推吧，」我對李豔說。

「沒事，你們倆坐著，前面路口還有人呢。」師傅說。

我向前看，幾個穿著西褲和皮鞋，披著大衣的年輕小伙子，手插口袋，站在路邊聊天。見到師傅，他們遞上一根已經點燃的菸，然後要師傅站上雪橇休息。師傅接過香菸豪邁地抽了幾口。

「怎麼還沒走？不是說要回去了嗎？」

「本來前兩天要走，後來又接了幾個活，看過年能不能回去。」

他們有一搭沒一搭地聊著，白茫茫的路上就只有我們。

「你們老家是不是像這樣子？」我問李豔。

「差不多，不過我們那兒沒這麼大的路，沒這麼高的樓。」

我想像他們老家的樣子，但又覺得不對，因爲我腦中的景象有莊園，還有馬車，那是我從書上看來的俄國景色。

我指著人民公園的雪景說：「中央公園的冬天可能就是這樣。」

經過南京東路步行道的時候，我又說：「這裡有點像巴黎，又有點像維也納。」

「你怎麼去過這麼多地方？」她問。

「沒，我也沒去過，都是從書上看來的。」

「快點，加把勁，再快點，好，去吧，不送啦。」推車的年輕人衝刺了一段，然後全放了手。

雪橇一路向前，直到和平飯店前剛好停住。

李豔付了車資，師傅嚷著多給點小費，見他們僵持不下，我心裡有點過意不去，因爲他要的真的不多，連喝杯咖啡都不夠，所以我從口袋裡掏出一些錢，請李豔交給師傅。李豔看了看我，然後把錢交給師傅。師傅把錢收下，請我抽了支菸。

「剛沒必要給那些錢的。」李豔說。

「沒關係，他們也很辛苦。」

「還有些時間，走。」她走過馬路，要我跟上，「快，這兒才有意思。」

我呆佇江邊。江面竟然結成了冰。

冰上遊人如織，一座旋轉木馬突兀地轉著，旁邊擠滿了帶著孩子的父母。

李豔找到樓梯，走下河面。

「快點，來啊。」

「不了，等等塌了怎麼辦？」我在岸上猶豫著。

「不會，不可能的，你看，這麼多人在上面。」

我小心翼翼地踏上冰面。

「腳抬高點走，你看，像我這樣。」

我學著她的樣子，向前走去，音樂和爭吵聲越來越清晰。

「還不給我下來，後面排了這麼多人，其他孩子玩完都下來了，就你兒子霸著位子不放，這像話嗎這。」

「先來後到你不懂？我們等了多久，你等了多久？」

聽孩子父親說完，那人翻過圍欄，先是滑了一跤，然後兩個人扭打成一團。

「別看了，拿去，快穿上。」她從袋子裡拿出溜冰鞋。

「我連裝輪子的都不會。」

「我在你旁邊怕什麼，而且這地方那麼大，連轉彎都不用。」

我換上溜冰鞋。尺寸剛好。

一個中年人向我們走來。「這鞋哪兒買的啊？」

「自己帶的。」

「這樣啊，」那人左右張望了一下，「我說等等能不能借來玩一下？」

「尺寸不對，你穿了扭腳。」

「是我大女兒想玩。」

李豔考慮了一下。「乾脆賣給你好了。」

「那好。你開個價。」

「等我們玩完，回來找你。」

「行，我們就在那兒，紅衣服的那個，我大女兒，旁邊那個是小的。」

女孩看到我們在看她，把頭轉了過去。

「還是你留個手機號？」

「不用了，你就在那兒等著唄，回來就給你。」

「也行，回頭見。可別賣別人去了。」

「知道。」

男人走了以後，李豔拉我站了起來。

「他們怎麼可以生兩個？」我問。

「少見多怪。農村來的、少數民族，要不就有錢繳罰款，多的是。」

她才牽我溜了一下，就引起了其他人的注意。

「喂，大家都在看。」

「管他們看，我們玩我們的。」

「溜遠點好了，不然怪怪的。」

「你啊，一個男人家，這麼在意別人眼光。走吧。」

她帶著我越溜越遠，連人影都看不見了以後，從後面推了我一把。

「自己來吧，直直往前就行了，簡單得很。」

一切似乎比想像中容易。

「對，還不錯，膝蓋放輕鬆點，兩腿別太開，身體低一點，對，就這樣。」

我好像抓到了些訣竅，膽子越來越大。

「喂！回來啊。」

李豔的聲音聽起來很遠。我想要停下，可是速度快得沒辦法控制。我試著用力，腿卻越來越開。我把身體側向一邊，用手護著頭，準備用身體來當煞車。

突然間，李豔從後面勾住我的手臂，把我提了起來。

「叫你別再往前了。」

「我不會煞車啊。你怎麼這麼快就來了。」

「你以爲我哪裡長大的啊？我冰上長大的。」

「河口快到了嗎？我想去看看海。」

「你腦子進水啊。掉下去不淹死也得凍死，你以爲你是魚啊？你不是還約了要見你朋友？」

我看看時間，是該回去了。

回去的路上她緊緊拉住我的手。她的速度比先前快很多，我們一下就回到了先前出發的地方。那裡有人也在溜冰了。

李豔把鞋子還我，把溜冰鞋收進袋子裡。

「鞋不是要賣嗎？」我問。

「你有看到那人嗎？」

「沒注意。」

「那不就是了，他真想要，會自己過來的。」

「但是……」

「喂，小伙子。」她對兩個正在看人溜冰的大男孩招手，「你們溜不溜冰？」

「沒試過，沒鞋。」

「這給你們拿去玩去。」

她把溜冰鞋送給了他們。

「你在生氣嗎？」我問。

「沒。」她忍不住又說：「你實在傻得可以，人說什麼你信什麼。」

我們站在飯店門口等了一陣。沿路擺滿了攤子，什麼東西都賣。載我們來的師傅戴著紅帽白鬍子，正在向孩子們的爸媽收錢，鼓鼓的口袋裡全是鈔票。

「好了，就送你到這兒了。」李豔流了些鼻水。

我取下脖子上的圍巾。「你圍著吧。」

「沒事，小意思，我們老家比這兒還冷。」

「我知道，你圍著吧。」

「不要。」她推開我的手，「你給的錢，夠我買好幾十條啦。」

我楞了好久，無話可說。

「我走啦。你多保重，我祝你幸福，順順利利。」

她說完，轉身往推雪橇的師傅那裡走去。師傅被一群人圍著，和人起了爭執。李豔推開擋著的人，走到師傅旁邊。

「大爺，我在這兒幫你收錢，要他們先排好隊，你給我吃紅，你看怎麼樣？」

「那好，小孩一個十塊，大人一個一百塊。」

「大人怎麼這麼貴？」李豔問。

「小孩子過過癮玩玩，大人坐什麼？要占多大空間吶？這麼多孩子等著。」

李豔任他抱怨，開始指揮起秩序。

「你們，抱娃娃的那對，他連站都不會，你們就別玩了吧。」她說。

「李豔。」我叫了一聲，但她沒有回頭。我跑了過去，想拉住她，沒想到一個打滑，兩個人一起摔倒在地上。

「唉呀，你這是幹嘛。」

「沒有，我只是……」我不知道接下來該說什麼。

「只是什麼啊？」她站起身來，「沒看到我忙著嘛？」

「我只是……」我還是想不出來。

她瞪著我的眼睛。「說吧，你到底想說什麼。」

「對不起。」

「幹嘛對不起？沒什麼好對不起的。」她把一個孩子抱上了雪橇。「真把我當朋友，就別給我錢。」

「我是把你當朋友。」我又改口，「不只是朋友。」

她轉過頭來，「你這人怎麼反反覆覆的。」

「我也不知道。」

「算了，別說了，反正你馬上就要走了。」

「我會回來看你的。」

「等你回來了再說吧。我們家鄉有個姥姥，年輕時結了婚，丈夫跟國民黨去了台灣，回來的時候，帶了老婆孩子還有孫子。那姥姥本來也替他生了個兒子，文革的時候死了，到頭來，她什麼都沒有，除了幾個臭錢，你說，值得嗎？」

「我不會這樣。」

「算了，跟你說這些幹啥，公開場合不講這些，你快走吧。」

我站在原地，動也不動。

「我說你讓讓。擋到後面的人啦。」

我向後退了一步，一腳踩在緣石邊上，一個打滑，後腦著地。

「喂，你小心點兒。」

我躺在地上，雖然想站起來，但是沒有辦法。

「喂，你沒事吧？」她說：「你們等等啊。喂。」

我的眼前一黑，然後什麼也聽不到了。

14

我睜開眼睛，揉了揉後腦袋，覺得有點痛。

「終於醒啦。」李豔說。

我發現自己睡在床上。「現在幾點？」

「快中午了。」

「是嗎？」我看著窗外的太陽，原來是做夢。

「你看你的嘴乾的。」她把手上的水杯遞給我。「你昨天晚上怎麼了？是不是做夢了？」

「不知道，記不得了。」我把水喝完。

「拳打腳踢的。」我沒接話，走到牆邊整理起背包。「告訴你一個好消息，你的朋友找到了。」

「啊？」我背對著她，不知道該怎麼反應。

「我有個朋友的朋友，剛好知道，剛給我打電話來了。」

「是嗎？約在哪裡？」

「問了這裡地址，說中午會過來接你。」

「是嗎？」

我把衣服拿出來，一件件摺好，又放了回去。

「怎麼了，你看起來怎麼不太高興？」

「沒事，沒不高興。」

「但是你也沒高興。連點驚訝的表情都沒有。」

我把背包的拉鍊拉好。「李豔。」

「怎麼啦？這麼嚴肅？」

「你沒騙我吧？」

「騙你？騙你幹嘛？」

「沒事，只是問問，沒別的意思。」

「懷疑我騙你，還說沒別的意思？」

我把背包提到玄關，拉開陽台的窗戶，點了根菸。

「你今天怪怪的。」

「我昨晚做了一個夢，夢裡也是找到朋友了。」

「那還不好？美夢成真了。」

「現在醒來，搞不太清楚是真的還是假的。」

「唉呀，真的假不了。」她把手伸向我，「拿來給我抽口試試。」

我把菸給她，用手指揩掉窗台上的灰塵。幾個年輕男女坐在馬路邊曬太陽聊天。

「你把行李帶走，是不是不回來了？」李豔問。

「就帶著，反正也不重。」我把菸拿了回來，「等見到人，看怎麼樣，再給你打電話。」

「也行，沒事的話我也要去買票回家了。」

「這次真的很謝謝你。」

「你這樣太見外了，等我到台灣玩的時候，換你招待我。」

「嗯，來了一定要告訴我。」

「我可不會客氣，一定會好好把握白吃白住的機會。」她高興地說。

「如果我有再來，也會通知你。」

「當然，一定要。你有我電話，對吧？給我打電話。」

客廳牆上的鐘差二十分十二點。

「昨天有這個鐘嗎？」我問。

「今天早上送來的，昨天工人留在車上，忘了。」

「是嗎？」

「你今天怎麼老疑神疑鬼的。」

「隨口問問而已。」

「我說你到底怎麼了，看起來心事重重的。」

「沒事，應該是夢的關係，一下就好了。」

「去洗把臉，你看你那眼屎。」

我把冰冷的水潑在臉上。

「我啊，從來不做夢的。」李豔站在浴室的門邊說：「你一定是欠缺勞動。身體越累，睡得越好。每天早上起來，都像新的一樣。」

「你每天都很累嗎？」我抽下架上的毛巾，把臉擦乾。

「我啊，瞎忙，淨忙些無關緊要的小事。」她跟著我回到客廳。「差不多了。走吧，我送你下去。」

「不用。我自己走就行了。」我把鞋子穿好，背起背包。

她拿了件大衣披在身上。「難得好天氣，我順便曬曬太陽。」

站在路邊，陽光刺得我睜不開眼。我用手擋住光線，坐在馬路對面的年輕男女看著我們，講了幾句，然後笑了起來。

「是那個吧。」

李豔指著一輛黑色轎車。車子旁邊有個身材瘦小的人正在抽菸，見到我們，走了過來。

「去吧，再給我打電話。」

我站在原地，欲言又止。

「走吧，優柔寡斷的，一點也不像個男人。」

「那，再見。」

我往車子的方向走去。

「韓大哥的朋友是吧？」

我點點頭，讓他拿走我的背包，放進後車廂。我坐進車裡，對面的年輕人叫住李豔，他們隔著馬路聊了一下。李豔和他們揮揮手，笑著又說了幾句，然後瞇著眼把頭轉了過來。她撥撥頭髮，見沒有來車，走回社區裡去了。

皮革和芳香劑的味道讓我不太舒服。「不好意思，可以幫我開個窗戶嗎？」

那人原本在傳手機簡訊，連忙掏出鑰匙發動引擎，按下窗戶。

「不透氣是吧？」他轉動方向盤，擋風玻璃前的佛像微微晃動。

「還好，現在這樣很好。」我打了一個哈欠，覺得有點睡意。

「昨天去哪兒玩啦？」他透過後照鏡看著我。

「沒，哪兒也沒去，睡得挺早的。」

「是嗎？看起來很累呀。」

「我們大概多久會到？」

「要看塞不塞。早上是一定塞，這個時間應該不塞，不過也說不準，碰運氣。」他看了看手機，又放回口袋。「大哥常提到您，酒一喝多，老要我給您打電話，我哪知道您的電話，您說對吧？不過有句話說，酒後吐真言，這我倒是相信的。」

「他好不好？」

「您說大哥嗎？」他注意著後方來車，轉下高架橋，「最近天氣冷，腳不太舒服。」

「他現在在做什麼？」

「才剛起床。」

「我是說做什麼工作。」

「喔。做些買賣。」

「哪方面的？」

「鋼筋、鐵砂、黑煤、水泥，什麼都賣，現在到處都在建設，這些東西很搶手的。」他轉了一個彎，我扶著把手穩住身體。「前陣子，才運了幾十個火車貨櫃的鋼筋出去。」

「是嘛？」

「是啊，但是有些環節出了問題。火車才一走，就有電話來說上面在查，已經派人追過來了。我想跳車逃跑算了，但是一逃的話那貨就完了，所以也就沒跳，後來火車真給攔了下來，我心想肯定得進牢裡關了，我還準備今年結婚呢，結果竟然沒事，來查的人說上面交辦下來，起碼得做做樣子。後來那趟貨大哥急著脫手，賣給了一個後台夠硬的企業，啥都沒賺到，還賠了點錢。」

「爲什麼要追你們？」

「那鋼筋是偷運出來的，那些人申請時多報了數量，然後賣給我們，等於是做無本生意。」

「那你們賣給誰？」

「看誰價錢好就賣誰。不過風險很大，貨還沒拿到，我們就得先給費用，後面的風險全是我們承擔，跟他們無關。被抓到的話，貨沒了，人去坐牢。我懷疑這次是那人告的密。黑吃黑。」

「這不違法嗎？」

「又不是殺人放火，沒什麼人有損失的。這年頭誰不貪？每個人都貪。但您想想，如果沒好處，誰願意賣力辦事？您說是吧？」

「這樣說也是可以。」

「我說啊，貪就貪吧，只要建設得好，貪點錢無所謂的。國家也知道這些，只是睜一隻眼閉一隻眼。」

「不抓嗎？」

「抓，當然抓，不過只維持個基本的秩序。真要抓，怎麼抓得完呢。」

他見我沒有答腔，又繼續解釋：「違法不見得就是壞事。法律也不見得全是對的。而且，就算是違法，能壞到哪裡去？我是從鄉下來的，這些年靠大哥幫忙，賺了點錢，家裡的生活改善了。村子裡的老鄉，只要想來上海，大哥二話不說，照單全收。前陣子我們幾個老鄉湊了錢，要給村子接電鋪路，大哥還拿了不少錢出來。他說下次要幫忙蓋學校，以後小孩子唸書，不用跑老遠，可以繼續在家裡幫忙。我跟大哥說那學校一定要掛他的名字，好紀念他這個大好人，但他說不准用他的名字，就憑這些，我打心裡佩服大哥。人家老說上海好賺錢，其實也沒這麼容易，我和老鄉連搶銀行都考慮過了。我常跟我愛人說，要是沒有大哥，我現在死的活的都不知道。」

「嗯。」我停頓了一下，「對了，還沒問你怎麼稱呼？」

「我啊？小江，叫我小江就行了。」

他把皮夾打開，遞了過來，「喏，這是我愛人。」

皮夾裡有張他和一個女人的合照。風景還算漂亮，但照得並不算好。

「結婚了嗎？」

「十幾歲就想結囉。只是年紀不到規定，沒法辦手續。現在行了，等過陣子有空，回去村委會裡開個證明，然後到民政局裡登記，當天辦理，當天取證，方便得很。大哥還說要請我們到泰國度蜜月。我跟大哥去過一次澳門。不過澳門也說中文，泰國可不行。」

突然一股酸水湧到喉頭。「把車靠邊停一下好吧？」

「快到了，就在前面。」

車一停妥，才推開門，我就把昨晚吃的東西全吐了出來。我坐在路邊，向他要了根菸。那菸又辣又粗，我抽了幾口，又開始嘔吐。

「唉呀，您別抽了，抽了吐得更厲害。是不是昨天喝多了？」

「沒事，我故意的，吐個乾淨就好了。」

大樓前的落葉被風吹起。我抬起頭，一根根的晾衣桿伸出窗台，從外牆看起來，房子應該已經有些年代。

「好點了沒？」小江伸手把我拉了起來。「等等上去倒杯水給您漱個口。」

我這才注意到他穿得很少，「你穿這樣不冷嗎？」

「冷，怎麼不冷，不過沒事，習慣了。」

我們進了電梯。電梯裡的玻璃很髒，到處貼著廣告紙和用奇異筆留下的電話。小江神色自若地哼著沒有歌詞的歌，皮鞋在地上踩著拍子。大樓的走廊像是迷宮一樣，越往裡面走越沒有光線。

他在一扇門前停下，敲了敲門，然後摸黑掏出鑰匙。

從門縫透出的光占滿我的視線，隱約有個人坐在單人沙發上。

「大哥，沒事的話，我先進房，有事就叫我。」

「你去忙你的吧。」

那人說話的腔調讓我覺得陌生。我又覺得想吐，但只打了幾個嗝。小江幫我把背包脫下，放在沙發邊上，然後倒了杯溫開水給我。我看著那人，他比韓吉要胖，也比韓吉要白，但他是韓吉沒錯。我喝了口水，覺得舒服了些。

「你還好吧？」他問。

「沒事。昨天沒睡好。」

「真是好久不見。」

「是啊。」

我們看著對方，竟無話可說。

「對了。」我把背包裡的酒拿了出來。

「還特地帶酒來？」

「不是，去你以前住的地方找你的時候，一個先生要我轉交給你的。」

他把酒接了過去。

「肯定不是我的。你是去哪裡找我？」

我把皮夾裡的紙條遞給他。

「錯的，我沒住過那裡。誰給你的？」他拆開酒封，把瓶塞扭開，聞了一下，「這酒壞了。」

他說：「小江，來，這酒拿去扔了，壞了。」

「我來，是希望你能跟我回去一趟。」

「回去？回去幹嘛？」他把酒瓶擱在桌上，打開菸盒點了根菸。「有首詩不是說，少小離家老大回，鄉音無改鬢毛催，後面是什麼？太久沒背，給忘了。」

「兒童相見不相識，遍插茱萸少一人。」

「是嗎？怪怪的。」

「兒童相見不相識，牧童遙指杏花村。」

「是笑問客從何處來吧？」

「對，你說的才對。」

「這麼難的東西，竟然幼稚園就要我們背。」

「我忘了是什麼時候教的。」

「中班。那個老師的頭髮很長。」

「我還真不記得了。」

「你記不記得趙叔？」

「哪個趙叔？」

「修飛機那個，趙伯伯他弟弟。」

「趙伯伯？」

「以前當過鄰長的那個。」

「喔，趙大爺。」

「對啦，我忘了我爸跟你外公同輩。反正就是他弟弟。」

「好像有印象，不過沒見過幾次。」

「他一直在空軍基地。」

「嗯，他怎樣？」

「我來上海的第一年，趙叔從部隊裡退伍，想把趙伯伯的骨灰帶回老家。我到機場接他，陪他去了一趟成都。因爲趙伯伯活著的時候寄錢修過祖墳，還幫了幾個親戚的孩子唸書，所以那些親戚很熱情地款待我們。趙叔待了幾天，然後說他想去重慶看看，他是在那裡生的。但是到了那裡，他什麼都記不得了。再回到成都的時候，他的親戚說想做生意，連店面都選好了，還拉著我們去看。趙叔那時候是有些錢，除了終身俸，還有趙伯伯留下來的存款。他本來已經要答應了，但是因爲我在上海吃過虧，所以勸他想想再決定。沒想到他才說要考慮，那些親戚翻臉比翻書還快，說了些難聽的話。趙叔一氣之下當天就和我回上海了。

「我那時候住閔行，那種老式的弄堂。房子原本就不大，又被隔成三戶，房間裡只有一張鐵床，一張桌子，還有一台小電視。我本來要幫他找旅社，但是趙叔想省錢，說跟我擠擠就好。那年冬天上海特別冷，我去買了電暖氣，結果一開整排房子就跳電。鄰居全都來要我別用，我說不用根本受不了，結果有個鄰居拿了包鐵鋁皮的炭爐過來，就像我們小時候烤肉的那種，還特別交代要讓空氣流通。趙叔爲了謝謝他，請他進來喝酒，聊到兩個人都醉得差不多了才結束。鄰居走了以後，我把趙叔扶上床，爲了怕一氧化碳中毒，還把窗戶開得特別大。

「隔天清早有人敲門，我以為是趙叔上廁所把自己鎖在外面，結果幾個鄰居說他們在廁所旁邊發現他，可能是夜裡摔跤，已經打電話叫救護車了。我跑出去一看，趙叔整個臉是紫的，我沒敢動他，在耳邊輕輕問他覺得怎麼樣，他也沒回答。直到救護車來了，把他抬到擔架上的時候，他才唉了幾聲。救護車裡味道很難聞，原來是他大小便拉了一褲子。車子一直顛個不停。他在半路上醒來，問我這裡是哪裡，我說這裡是上海，他酒喝多摔跤了，現在要送他去醫院。然後他交代我說，如果他有個三長兩短，要和他哥哥葬在一起。話才說完，他就死了。

「死亡證明一開出來，遺體就火化了。我帶著趙叔的骨灰回他老家，他那些親戚一開始還給我擺臭臉，等我說趙叔死了，他們態度才好些，說好好的一個人，怎麼說走就走了。我請他們找道士辦法事，把骨灰罈安好。我要走之前，他們問我趙叔手上的錶跟身上的證件到哪裡去了，又說趙叔在台灣無親無故，他們是他的後人，該要過去幫他處理身後的事。我耐著脾氣，要他們找海基會和海協會，然後我就走了，再也沒跟他們聯絡過。」

架在菸灰缸上的菸燒完了，於是他又點了一根。

「那些東西我一直放著沒動，也沒去通報，我想台灣那邊連他死了都不知道。戶頭裡那些錢就當捐給政府吧。你看，一個老好人，從小到台灣來，當一輩子軍人，把部隊當家，退伍之後，孤家寡人，舉目無親，回去老家連親人都只想要他的錢。他做錯了什麼？我肏他媽的。」

我從口袋裡掏出香菸，打開拿了一根，但沒有點燃。

「你不覺得很不公平嗎？」他問。

「不知道，每個時代有每個時代的無奈吧。」

「你在說什麼？我說的是一個人，你也認識的人。」

「大哥你剛叫我？」小江走到客廳。

「怎麼現在才來？」

「我剛上洗手間，肚子有點疼。」

「好點了沒？」

「拉完就沒事了。」

「這酒拿去扔了。」

「這啥？這蔣介石呢，這瓶子漂亮，您不要給我吧。」

「我說拿去扔了，你沒聽懂啊？」

小江把酒瓶拿了過去。

小江把手在屁股後面擦了擦，然後把酒瓶拿進廚房。

「對了，我在這兒有個女兒。七歲，剛上小學。跟她媽住在浦東。」

「喔。」

「你想不想看看？」

「我不知道要跟小孩說什麼。」

「長輩見小孩子，不用說什麼。」

「算了，沒準備禮物，下次吧。」我點燃手上的菸，抽了一口就按熄了。

「你在這裡是不是有女人了？」

「我？怎麼可能？」

「小江去接你那附近都是人家的二奶。」

「不是你想的那樣。」

「男人玩女人，女人玩男人，一樣的。你朋友是個女的吧？睡過了嗎？」

「無聊。」

「我是好心提醒你。記著別放感情，就算你現在覺得自己是認真的，但等回台灣以後，就會知道這只是一時衝動，除非你跟我一樣留在這裡不走了。」

「說了沒有就沒有。」

「沒有就好。我是爲你著想，也替她著想。」

「不說這個了。我剛說希望你能跟我回去一趟。」

「你說，回去幹什麼？」

「那是你家啊，總該回去看看。」

「我又沒有家人，現在見到你，更不用回去了。」

「回去看看外婆吧，我有跟她說要來找你。她還記得你。」

「我前幾天才跟她通過電話。」

「是嗎？」我說：「那更該回去看看她。」

「你真的這麼希望我回去？」

他看著我，想從我臉上找到答案。

「不知道。我覺得你該回去一趟。不過腳在你身上，你不回去，我也沒辦法。」

我腦袋裡不停想著他會怎麼回答。

「我問你，我現在在想些什麼？」

他的問題讓我愣了一下。

「你在等我給你更好的理由吧。」我嘆了口氣。

「那有別的理由嗎？」

電話響了，我拿起手機，螢幕上的藍色冷光不停地閃，我看了看他，然後接起電話。

是小華。

15

韓吉的臉上貼著紗布，睡得很熟，連機上的空服員送餐來時也不敢叫醒他。我吃完雞肉麵，拿著加了冰塊的番茄汁望著他。

睡覺時的他和以前特別地像。

小時候，除了外公外婆，韓吉是我最親近的人。他媽在他上小學的時候離家出走。他爸爸不太講話，傍晚偶爾可以看見他到雜貨店買蔘茸酒。老闆娘有次因為時間太早，不想賣酒給他，兩人吵了一架。從此之後，他爸爸都走去另一家比較遠的雜貨店買酒。那家雜貨店的老闆講台語，他們才不管他喝多少酒，還會跟他開玩笑，私底下都叫他：那個愛喝酒的老番顛。國小畢業前，韓吉的爸爸死了。一個常畫水墨畫送人的鄰居用毛筆在宣紙上寫了「祭中」貼在他家門口。雖然手臂帶著孝，但韓吉還是跟我們一起在巷子裡玩，直到被拎著鳥籠的王老先生唸了幾句，他才不敢再出來。

出殯那天，道士、和尚和吹嗩吶的在巷子裡敲敲打打。外公沒有讓我去殯儀館，他說小孩子不要去那種地方。我說韓吉去，我也要去。因為我們是好朋友，是拜把兄弟。他想了想，還是不答應，於是我坐在地上哭著耍賴。平常只要我這樣做，每次都能得逞，那次卻沒有成功。

直到傍晚，外公才帶著韓吉從殯儀館回來。

「喪禮怎麼樣？」

「在地上跪了很久，膝蓋很痛，腰好痠。」

從那天起，他開始到鄰居家輪流吃晚飯，但過了沒多久，他固定在我們家吃飯，我問外婆爲什麼他不去其他人家裡吃飯，外婆說因爲我也在上學，但其他人家裡沒有，反正多一個人吃飯帶便當並不麻煩。吃完晚飯，洗完澡，我們一起在客廳邊看電視邊做功課，直到要睡覺了，外公才會帶他回家。我問爲什麼不讓他睡我們家，外公說他自己有家，房子要有人住才好。

放暑假以後，外公終於答應他可以來我們家住。我們白天一起出去玩，晚上擠在一張床上，一邊玩玩具，一邊聊天。不過到底聊些什麼，我已經忘記了，大概就是最近有沒有遇到喜歡的女生，又喜歡上哪個女演員，在哪裡看到有賣她的照片之類，一些雞毛蒜皮的小事。

韓吉動動身體，然後睜開眼睛，摳了摳眉角上的膠帶，向空服員要了杯水，順便要她把餐收掉。他吞下止痛藥，又睡了過去。

快樂時光只持續了一個暑假。國中開學前，縣政府派人來訪，說要幫他找個新的家庭，他堅持不要，還爲此逃家。最後他的監護人只好定期來探視，做一些必要的記錄，直到他已經不適合被收養了才告一段落。

外公買了兩台腳踏車送給我們當作上國中的禮物。但開學不久，韓吉的車就在學校車棚被人偷了。我們一起找了很久，最後他跑了好遠去牽了一台沒上鎖的變速車回家。外公問爲什麼車長得不一樣了，他回答說班上有個女同學嫌她哥的車太高，而且把手很彎，所以和他交換。我還記得當時我好緊張，他怕我穿幫，還用手肘頂了我一下。

國二，學校做了能力分班，有個科任老師在我們班上課時說他們班的秩序亂七八糟，比一些放牛班還不如。他開始蹺課去打撞球，也找過我幾次。

「別跟那些人鬼混。」

「你只會唸書，什麼都不懂。」

「我不知道你和他們去那些地方到底有什麼好玩的。」

「我有朋友說吸強力膠很爽，想來試一試，你要不要一起？」

我知道他是故意想要氣我，但我真的很氣他不上進。外公外婆都老了，如果我不認真讀書，那他們以後就沒人可以指望。而他只要管好自己就好，沒有人會指望他什麼。我沒有跟他講這些，因爲這太傷人了。

寒假的某天，他拿著一瓶大保特瓶的沙士拉著我到小時候常去的河溝。那條河以前看起來很大，現在對我們來說成了一條只能泡腳的水溝。他從袋子裡拿出一整套的《聖鬥士星矢》，雖然我已經看過了，不過從來沒有這麼光明正大地看，所以還是看得津津有味。

他掏出一包銀色的「峰」，從菸盒裡叼了一根。

「要不要？」

「不要。」

「水貨，味道不一樣。」

他把菸點燃，抽了幾口後遞給我。

「你看。」

「怎樣？」

「用手搓看看。」

我照著他說的做，打火機上的美女變成了裸體。我把菸含在嘴裡吸了一口，還沒來得及吐，就把中午吃的飯菜全吐了出來。

「我下學期要去唸中正預校。」

「那是什麼？」

我蹲在河溝邊，用手捧著水漱口。

「一間在高雄的學校，他們說唸完可以直接上官校。」

一個孩子拎著塑膠袋走來，旁邊的田裡有幾個小孩堆了土窯，拿著報紙在生火，他蹲下把水裝滿，我們跟著他走了回去。

「不是這樣，要先留一點空隙。」韓吉叼著菸說：「去找幾塊大塊的放下面。看看那邊有沒有磚頭，有的話拿幾個過來當門。」

他把他們的窯踢倒，教他們重新堆了一個。

「好了，差不多了。把要烤的東西丟進去，然後埋起來。記得不要在上面跳，很燙，東西會壞掉。」

地瓜烤好後，他們拿了兩個過來致謝，我們把地瓜用水洗乾淨。

「奇怪，以前怎麼沒想過要洗？」

我把洗好的地瓜給他，他對半掰開，吃了起來。

「沒土味吃起來還真怪。」

我們直到太陽下山才回家。村裡的大人聚在巷口的雜貨店前，一見我們過來，王老先生就說他看到我們在河邊抽菸。我非常緊張，看了看外公，他什麼也沒說，只要我先回家洗澡吃飯，他們有事情要跟韓吉說，然後一票大人進了他家。我後來問韓吉，他說他們是在討論他要去高雄唸書的事，他現在住的房子會租給一個鄰居的親戚，房租會幫他存起來當作唸書時的生活費。那年過年，鄰居都給了他紅包，外公還帶他去郵局開了個戶頭，好把錢存起來。

寒假結束的前一天，我騎腳踏車送他到火車站，買了月台票跟他一起進去，兩個人在月台上抽了幾根菸。站務員吹起哨子，火車就要進站，他拎起行李，搥了我幾拳。

「是不是兄弟？」話還沒說完他自己就哭了。

「唉唷，男子漢有淚不輕彈。」

火車從我們身邊經過。

他把我緊緊抱住。「一放假我就回來看你。」

火車離站的時候，他已經不哭了，紅著鼻子在車門邊抽菸。我追著火車跑了一陣，他要我別追了，還交代我要好好照顧外公外婆。

我走出火車站，沒想到才沒離開多久，腳踏車就被人偷了，於是只好走路回家。一路上我想了很多過去和他一起經歷的事，邊走邊哭，連國小畢業典禮也沒這麼難過。

韓吉只有逢年過節才回來，雖然我們一樣會聊天，但我覺得我們之間的距離越來越遠。我們對彼此的生活好奇，但是如果要我和他交換，我絕對不要。

上了高中，村子裡和我同年的人只剩我把大學聯考當作第一重要的事，其他人有的整天只知道玩，有的到外地去唸技職學校，也有的已經放棄學業，在家裡幫忙做生意或去修車廠當黑手。晚上唸書的時候，遇到不會做的題目，沒有人可以討論，我也不想下樓打電話問同學，因爲外公會怕打擾我討論功課而關掉正在看的電視，所以我都留到隔天去學校再問。如果是早自習的考試，那我就會先做好可能要挨打的準備。

外公和村裡鄰居都覺得我可以考上中正理工學院或是國防醫學院，但我一點興趣也沒有，學校同學都是要考台清交，沒有聽過誰把這兩間學校當第一志願的。我越來越覺得村子裡的世界太小，因此越來越認真，一心想要考上好學校，除了讓外公外婆覺得光榮，也好讓自己離開這裡。

聯考放榜的那天，有人帶著報紙上門恭賀，雜貨店老闆娘拿了一串鞭炮來放，外公還帶我上街去吃牛排，但是當韓吉穿著筆挺軍便服回來，坐在巷口的板凳，露出腳下漆亮的皮鞋時，大家都把焦點轉到了他的身上。

大學二年級，說了好久的眷村改建終於有了下文。不過不是原地重建，也不是集體搬遷，而是每家每戶都可以領到一筆補償金。原本大家說好不搬，但有幾戶同意後，搬走的人越來越多。還沒搬走的都收到了限期搬遷，否則斷水斷電的通知。幾經考量，外公決定搬家，透過關係在台北租到房子，希望一家人能住在一起。可能是那陣子天氣太冷，加上太多事情煩心操勞，才搬到台北不久，外公就過世了。

喪禮那天，韓吉因爲學校不能請假而沒來參加。他在放假時到台北找我，我帶著他坐公車去軍人公墓上香。

「什麼都沒帶，會不會不太好，應該要買點紙錢的。」他看著桌上其他人的鮮花和祭品說。

「沒關係啦，外公又沒有信教，無所謂的。我還記得他以前說過，等他死了以後，要我用草蓆蓋著，丟在路邊就好。」

我把香插進香爐，俯著欄杆點了根菸。他默禱了很久，還跪下磕了幾個頭才跟過來，看著遠處的高速公路，掉了幾滴眼淚。

「唉，沒什麼好難過的，醫生說走得很快，應該沒有痛苦。」

「沒事。應該是我要安慰你才對。」

「我已經不會難過了。」我把菸彈熄，「只是想起來有點感傷。」下山的時候，一隻小黑狗一路跟著我們，但才朝牠靠近，牠就躲開，如果不理牠，牠又會邊叫邊朝我們跑來，直到我們要上了公車還在門外吠。

「乾脆帶回去養好了。」韓吉才把小狗抱上公車，公車就開了。我連忙請司機停車，然後從韓吉手裡把小黑狗搶走，抱到夠遠的地方放下，飛快跑回車裡。

「你幹嘛這樣？」

韓吉回頭看著被丟在路邊的小狗。

「她不可能會養的。她現在連外面的野狗也要拿掃把趕。」

「我記得她都會餵狗啊。」

「外公走了以後，她越來越奇怪，有時候連我都不認識了。」

我們沒有直接回家，而是去了西門町一趟。吃完阿宗麵線後，我們瞎逛了一陣，然後在天橋上抽菸，經過的年輕女生讓他看得兩眼發直。

「有馬子了沒有？」

「還沒。」

「台北的妞真正點，怎麼不把一個。」

「出這麼多事，沒心情。」

「看這個就有心情了。」

他從背包裡掏出一本冊子，封面寫著「愛情青紅灯」。

「這啥？」

「你不知道？所有人都在看，想買還不見得能買到。」

「我只看過《吾愛吾家》。」

「差得遠了，你先看看。」

我翻了一下，並不感興趣。他把冊子拿回去，翻到有紅筆註記的那一頁。

小丘。女，十七歲，台北人，誠徵筆友。

然後是一個郵政信箱地址。

「幹嘛特別圈起來？」我問。

「我覺得我跟她有緣。」

「有緣個屁，你從剛到現在一直在看女生，根本沒停過。」

「看是眼睛吃冰淇淋，交筆友是心靈交流嘛。」

「隨便你，反正我是沒興趣。」

「我文筆不好，字又醜，我看你幫我寫好了。」

「我根本不知道要寫些什麼。」

他拿出一本情書大全叫我參考。

「老掉牙的東西，肉麻又噁心。」

我把書還給他。

「人家起碼寫得出來啊。」

「拜託，我隨便寫也比那個好一百倍。」

回到家後，他在樓下邊看電視，邊跟外婆聊天，等外婆睡了，他摸上樓來。

「寫好了沒？」

「我在趕報告，寫完寄給你。」

「沒關係，反正我也不急。」

他把被子在床邊鋪好。

「怎麼這麼早睡？」我問。

「平常還要更早，習慣了。」

他打了一個呵欠後在地上躺平。我把燈關了，只留下書桌前的檯燈。

「時間過得真快，還是小時候比較好玩。」

「廢話，我現在覺得以前超爽。」

「你來台北習不習慣？」

「沒什麼好不習慣的，我自己選的。」

如果是小時候，我們躺在床上可以一直講一直講，永遠有講不完的話，但現在已經不行了。隔天送他搭遊覽車回去以後，我到書店挑了一本關於愛情的小說來參考，很快地把信寫好寄了出去。過了兩天，接到韓吉的電話。

「寫得太好了。你他媽的應該去當作家。」

「我早說了沒問題。」

韓吉影印了對方的回信，用限時專送寄來給我。信的字跡娟秀，大意是說她看了我寫的信，覺得非常熟悉，睡前洗臉的時候想到原來是因為普希金的關係。她強調她並沒有指責的意思，而是想知道我是不是和她看過一樣的書，喜愛一樣的作家。我把信收好，到圖書館裡把普希金的作品全找來看了一遍，以便在回信裡和她討論。

就這麼，幫韓吉寫信，成了我每週的例行公事。

半年之後的某天，我剛洗完澡，韓吉打電話來。

「她信上說想碰面。」

韓吉的語氣興奮，要我立刻寫信確認時間和地點。他安排好假期，在見面前一天早上就到了台北。我花了一整天陪他買衣服，還訂了一大束玫瑰，直到睡前，他都還興致勃勃地和我討論見面時可能發生的狀況。

隔天中午，韓吉騎我的摩托車說要先去加油，沒想到才剛到巷口就被開進巷子的汽車撞上。

「你幫我去吧。」他在被抬進救護車前對我說。

我雖然擔心他的傷勢，卻也暗自高興。

我搭上捷運，手上的玫瑰花吸引了所有人的目光。週末下午的淡水，遊人如織，我經過老樹邊的老人中心，彎過ㄇ型的水道，走過一排樹，盡頭出現一個非常迷你，停了幾艘小船的小港。

一個穿著牛仔褲和球鞋的小姐向我走來。

「請問一下，附近是不是有家咖啡店叫那海？」

「旁邊就是。」

白底綠字的招牌上寫著「那年夏天寧靜的海」。

「等等，你是韓吉？」

「你是小丘嗎？」

「你和我想像的不一樣。這花是給我的嗎？」她大方地把花收下。「快上來吧，我有好多話想跟你說。」

我想告訴她其實我不是韓吉。

「你上次提到的那幾本書我找到了，但是還沒看完。」她邊說邊爬上只容一人通過的樓梯，我跟著上去，面海的桌上，蓋著一本被翻開的《反烏托邦與自由》。雖然那天沒有夕陽，但我們聊得很愉快，她和我討論了很多事情，別說韓吉，就算是我，也是這半年逼著自己看了一大堆書，才勉強能跟上她的話題。突然，她停頓了一下，我注意到河面上漁船的燈亮了。

「爲什麼通信這麼久，你都不想見面？」她問。

想起正躺在醫院休養的韓吉，我猶豫了一下。

「因爲隔得很遠，學校事情也很忙，而且要求跟筆友見面也不禮貌。」

「那你會不會覺得我不禮貌？」

「不會，當然不會，女生和男生不一樣。」

「這是歧視。」

「我沒這個意思。」

「見到本人你覺得怎麼樣，有沒有失望？」

「當然沒有，不過跟想像中不太一樣。」

「想像中是怎麼樣？你多說一點，我想聽。」

「我不太會講，反正看到你，覺得一切都真實，也不真實了起來。」

約會結束後，我趕到醫院，韓吉躺在病床上，一條腿打了石膏。

「那女的怎麼樣？正不正點？」

「沒有，等了很久都沒等到。」聽我說完，他有點失望，還爲了讓我白跑一趟而道歉，我安慰他，「沒關係，可能臨時有事，再寫信問她吧。」

「算了，再找一個好了，天涯何處無芳草，可是你要繼續幫忙。」

「沒問題，當然。」

回家之後，我輾轉難眠，於是寫信給小丘爲自己冒名假扮韓吉的事情道歉。我等了一個禮拜才收到她的回信。她說她可以理解，要我別放在心上。我用自己的地址和她又通了幾次信，雖然還是可以天南地北地聊，但一方面覺得欺瞞，另一方面感覺也有些淡了。我之前很欣賞她的直率和叛逆，但認識她後，覺得那都是來自於她家庭環境的無憂無慮。終於在一封明顯是敷衍的短信寄出後，斷了聯繫。

韓吉沒再找我幫忙，拆了石膏後，他經常上來台北探望外婆。我每次留他，他總說要趕著回去，除了過年才勉強多留幾天。

有天，我從信箱拿出一張喜帖，原本以爲是給外婆的，可是上面卻寫著我的名字。打開信封，沒想到是韓吉和小丘的訂婚喜帖。我反覆看了幾遍，覺得非常不真實，一度懷疑是惡作劇，但我不想去確認。然後，我把喜帖丟了，再也沒和韓吉聯絡。

我不知道爲什麼現在會想著這些。我要想的應該是外婆，但是我卻沒有。我沒有情緒，好像一點也不難過，可能是剛剛已經發洩過了。

當小華告訴我外婆在醫院，要我馬上回去的時候，韓吉見我神情有異，急著問我到底發生了什麼事，還怪我怎麼不問清楚。我聽完之後，抓起他的領子，把他從椅子上扯到地下。我說如果不是因爲他，我也不會到上海，那就不會發生這種事。然後，我打了他一頓，他沒有還手，連小江要過來阻止，都被他叫開了。當我停手時，他已經遍體鱗傷。

「怎麼會這樣，我前幾天才給她打過電話。」他站了起來，擦掉鼻子和嘴角的血。「走吧，我跟你回去一趟。」

16

計程車在高速公路上塞了很久。我和韓吉各自看著窗外，沒有說話。快到醫院的時候，他把眉角的紗布放進口袋。小華正在醫院門口抽菸，見我下車，把菸丟了向我走來。

「我身上沒有台幣。」韓吉在車子裡說。

小華把皮包給他後，欲言又止地看著我。我深深吸一口氣，蹲在地上。

「走吧。」他把手搭在我的肩膀上。

醫院大廳有人在演奏音樂，小華避開圍觀的人，帶著我們走下電扶梯。

雖然太平間的管理員說不一定要看遺體，但我還是要看。我屏住呼吸，看著管理員拉開冰櫃。外婆的樣貌完好，幾乎和活著的時候一樣。我忍不住用手去摸。她的臉很冰，上面沾了些黑色的細塵。我想幫她擦掉，可是臉上的皮膚快要和肉分離了。我低著頭，眼淚一滴一滴的落在鐵架上。

「盡量不要碰。」管理員說：「這樣會讓她很痛。」

我直起身子，擦乾眼淚，向後退了一步。

管理員把架子推回去，關上櫃子的門。

「說是電線走火。昨天半夜的事，劉哥帶午餐去的時候才知道。他一直說沒臉見你，所以我要他回去了。」

「又不干他的事。」

「今天住我那裡吧。」

「不用，我想一個人靜一靜。」

「嗯，那再電話聯絡。」

「好。」

「唉呀，不用啦。」

送走小華，我到提款機領錢，分了一半交給韓吉。

我把錢塞進他的口袋。「有地方住嗎？」

「有啦，操心這個幹嘛。」

他招了輛計程車，幫我拉開車門。

「對了，是小丘要我去上海找你的。」

「小丘？她怎麼不自己跟我聯絡？」

「不知道。我也沒留她的電話。」

「沒關係。早點休息，其他的明天再說。」

我在離家還有一段距離的地方請司機停車，獨自走了一陣子。雖然巷子裡的路燈沒亮，遠遠還是可以看見房子四周圍起了黃色的封鎖線。我檢查了一下，除了窗戶的玻璃破了，其他幾乎沒有異狀。我把門推開，門框上的鎖片壞了，地上都是積水，屋裡有股木炭被水澆熄的味道。我摸黑在茶几下找到手電筒和大蠟燭。手電筒還能用。到處都是黑塵，通往廚房和浴室的走道被塌下的天花板和家具給堵住了。我小心地爬上樓梯，每踏一階，都會發出喞喞的聲響。我的房間塌陷得很嚴重，散落的書和棉被被火燒了大半，但外婆的房間卻沒事，只有被子從床上掉到了地上。外婆習慣蓋好幾層被子，她以前有條電毯用到電線外皮都露出來了還不捨得換，買了新的給她，她也不用，直到我丟了舊的，她才換了新的。我撿起被子，坐在床上，用手電筒照著四周，突然想起外婆已經過世了，這些東西她再也用不上了。

回到客廳，我關掉手電筒，把碗口粗的大蠟燭點燃。小時候每次停電，外公都會把它點亮。蠟燭表面是一幅凸起的水墨畫，群山層疊，瀑布邊上還有座亭子。我把臉靠近蠟燭，山水大致完好，但上面的題字因爲蠟燭變短而只剩下幾個。我用燭火點了根菸，把濕掉的沙發座墊拔起來放在一邊，坐在冰涼的大理石上。我拿起茶几上的電視遙控器，試著按了幾下，雖然發射器上的紅燈有亮，不過電視卻毫無反應。我把遙控器放回原位，抽了幾口菸後，打開手電筒走向冰箱。冰箱好像被清理過了，最下面一層放著幾碗芝麻糊和一鍋雞湯。我用吸管插開一包保久乳喝了起來，接著打開上面的冰庫，流出來的水差點弄濕了褲子。

我退了幾步，發現有人站在門邊。黑暗中，一時無法看清楚是誰。

「唉唷，你終於回來啦。」

原來是雜貨店的劉媽。

「你去那麼遠的地方怎麼都不先交代一聲，發生這種事要找你都找不到。」

她拉著我的手，說著說著哭了起來。我攙著她走回雜貨店，平常這個時候應該已經打烊的雜貨店還開著，有個拎著醬油的鄰居好像想跟我說些什麼，最後卻什麼也沒說就走了。劉公公低著頭鎖上收銀機，然後摘下老花眼鏡。

「餓不餓？吃過飯了沒有？」

「飛機上吃了。」

劉媽從屋裡拿出一個鐵盒。

「存摺印章和證件都在裡面，你檢查看看。還有什麼重要的東西，快點回去拿，現在亂得很，什麼都要偷。」

我草草看了一眼，把盒子收進背包。劉媽說她想和我談談治喪委員會的事，又說市長的輓聯已經有人幫忙處理。我向她道謝，要她先去休息，其他的事等明天再說，然後就告辭了。

我騎著摩托車在街上漫無目的地繞。旅館的招牌隨處可見，但我一點也不想進去。最後，我把車騎上人行道，在大安森林公園前停下。

夜晚的公園相當安靜，連枯葉在地上滑動的聲音也能聽清楚。步道兩旁的長椅大多空著，路燈照不到的幾張椅子上或坐或躺的情侶對我視而不見，只有一個蓋著被子，露出一雙光腳的遊民一直盯著我，我加快腳步，離他很遠以後，才覺得自在了點。

我爬上路旁的草坡，草坡的另一側是一大片排列整齊的木頭長椅，幾個年輕人坐在表演台上喝酒聊天。我脫下背包，背對著他們在草地上躺下。天上沒有雲，月亮旁邊有兩顆星星，一顆很大，另一顆很亮。我望著天空，星星越來越多，我突然想起老人的故事裡，那些戰死的，被槍決的，受傷等死的人，他們應該也曾經像這樣躺在地上。我試著憋氣，隨著眼皮越來越重，聽覺也逐漸靈敏，一股聽不見的聲音壓迫著我的耳朵，越靠越近，我忍不住睜開眼睛，新鮮的空氣重新進入我的肺裡。我吐了一口氣，發現自己的荒唐。好好的一個人，竟然妄想揣摩死亡的感受。我又躺了一會兒，直到冷風把臉吹得有點僵，背脊也開始覺得冰涼，才起身拍掉沾在身上的雜草。

站在摩托車旁邊找鑰匙的時候，一輛車頂閃著警示燈，沿著慢車道行駛的警車向我靠近。警察搖下車窗，伸出指揮交通用的燈棒，把我招了過去。

「這麼晚在這裡幹嘛？」

「我？」我不知道該怎麼解釋。「我剛去公園，想一點事情。」

「包包裡面裝的是什麼？」

「一些衣服，還有電腦。」

「摩托車是你的嗎？」

「嗯。」

「有沒有帶證件？」

「有，我找一下。」

「不用了。下次不要亂停。」

警車在綠燈亮起後離開。我在路邊楞著，分隔島的水銀燈上，為宣傳電影節而掛的旗子被風吹得噗噗作響。

我想起吳亞麗，拿出手機，電話響了很久才被接起。

「喂。」

電話那頭感覺很熱鬧。

「你等一下，我到外面跟你說。」

「沒關係，沒什麼重要的事，你忙吧。」

嘈雜聲逐漸變小。

「說，有什麼事？」

「本來是想問你那裡方不方便讓我借住一晚。」

「可以啊，住幾天都行。但是我現在在大陸拍戲，我打電話跟管理員說一聲，要他讓你進去就好。」

「這樣好像不好。」

「哪會，你記一下地址。」

我抄下地址，一旁有人催她進去喝酒，接著是一陣雜亂的對話。

「好了，鑰匙在高跟鞋裡，你打開鞋櫃找一下。還有，順便幫我餵餵魚，我叫朋友不用過去餵了。」

匆忙地道別後，我有了落腳的地方。

如果不是住戶都把鞋放在門外走廊，吳亞麗住的地方就像飯店。我在一隻紅色高跟鞋裡找到鑰匙。她家比我想像中要小，開放式廚房緊臨大門，電熱式的爐子看起來很少在用。浴室沒有浴缸，但塞了一個小尺寸的檜木浴桶，洗手台的架子上放著保養用的瓶瓶罐罐和一支牙刷，桿子掛著浴巾和洗好的內衣褲，感覺起來平常應該沒有男人在這裡過夜。

我走進臥房。吳亞麗走星光大道穿的小禮服用塑膠套封著吊在衣櫃邊上。衣櫃不大，裡面的衣服也不多。靠窗的桌子上放著魚缸，我倒了些飼料進去，然後拉開窗簾，窗外稱不上有什麼景色。我在床邊坐下，因為床墊很軟，所以我躺了下來。床頭櫃上放了幾個相框和一盞精油燈。我摸了摸臉，覺得自己很髒，不該睡在她的床上，於是起身把床單拉平，走進浴室，把浴桶搬到洗手台下，研究起電熱水器的使用方式。

洗完澡後，我把地拖乾，將用過的浴巾和髒衣服丟進後陽台的洗衣機，然後把臥房的被子拿到客廳，躺在沙發上打開電視，從最前面的頻道轉到最後，又退回到最前，最後停在新聞頻道。

新聞沒多久就開始重複，我調整好姿勢，準備睡覺，卻因想起外婆躺在冰櫃裡的樣子而醒來。如此反覆了幾次，我把電視關掉，起身倒了杯水。沒想到天色已經變藍，窗外的小公園裡已經有人做起早操。

我把水喝完，騎著摩托車出門，買了份報紙，到麥當勞吃早餐，然後趕在上班上學的人潮出現之前，回到自己家裡。

和昨晚相比，房子似乎又脆弱了一點。上樓梯時，一塊木板被我一腳踩壞。我一方面放慢腳步，盡量把力量放在扶手上，另一方面卻心急起來，擔心外婆的房間要不了多久也會承受不了衣櫃的重量而坍塌。

外婆房裡的木頭衣櫃比人還高，當初搬家的時候，工人費了九牛二虎之力才搬進房間。我拉開櫃門，裡面除了一件過年會穿，繡了紅花的黑棉襖，其他大都沒看她穿過。我取出棉襖，接著從用鐵條和螺絲組合成的層架上，選了兩套料子輕滑的衣服。每到夏天，外婆總穿著這種印著小碎花的寬鬆上衣和七分褲，踩著菜市場買回來的拖鞋坐在巷口聽人聊天。我把它們和一雙黑布鞋及厚棉襪放在床上，想著還要替外婆準備些什麼，然後注意到衣櫃上有一口大皮箱。

我踮起腳試著把皮箱拉出來。雖然皮箱很大，把手卻很小，年代看起來非常久遠。我掂了一下重量，裡面似乎沒裝多少東西。我把皮箱放在地上掀開，裡面放著兩個黑色公事箱，一個是塑膠殼配白鋁框邊，另一個是皮的，密碼鎖都在零的位置。

我盤腿坐下，將塑膠殼的公事箱拿到面前，拉開鋁框上的鎖扣，裡面放著一個塑膠袋和一疊對摺的白報紙。白報紙已經泛黃，每張背面都寫上了日期，正面則是我小時候用彩色筆和蠟筆畫的畫。我翻著那些長頸鹿、大象、機器人、潛水艇和火箭，最後視線停在一張慶祝生日的畫上，蛋糕插著五支蠟燭，畫裡的人沒有身體，只有臉，畫的是誰，有些我已經忘了。我把畫紙理好，然後解開塑膠袋。塑膠袋裡有好幾十個火柴盒，每個印的圖案都不一樣，大多是西餐廳和公司行號送的，上面的電話號碼只有六碼。我試著劃了幾根，但全都受潮了。我把火柴盒放回塑膠袋綁好，蓋上公事箱，用力地按下鎖扣。

另一個皮箱裡面全是玩具。有積木、拇指大小的橡皮超人和怪獸、腰上掛著彈袋和水壺的草綠色玩具兵、尪仔標、沙包、用手指彈的塑膠片，還有一個外表磨損，裡面裝沙，用來玩踢毽的糖果盒。我把超人、怪獸和玩具兵在地板上排列整齊，陽光在這個時候射進窗戶，把我的影子映在牆上。我擦乾眼淚，心裡覺得奇怪，這些東西每天都在這裡，我從來沒想去動過，現在才玩兩下，竟然就哭了。

屋外有車停下，隨後是車門關上的聲音，一段聽不清楚的交談後，有人推門進來。我悄悄地爬到樓梯邊，只見一個人抱著電視，另一個人背起冰箱，屋外戴著黃色工程帽的人講完手機，戴上白手套，用力拉了兩下，把門拆下丟在一邊，好讓他們出去。

我等他們離開屋內，匆忙地下樓，走到門口。

「喂，你們在幹嘛？」

「來，一，二，三。」兩個搬運工沒有理我，把冰箱抬上了貨車。

「這裡是我家。」

戴帽子的人楞了一下，然後說：「這間不是沒人住了嗎？」

「誰跟你說的？」我的聲音有點發抖，「請你們把車上的東西搬回去。」

兩個搬運工在貨車邊等候指示。

「你們在幹什麼？」

我往聲音的方向看去，韓吉從巷口走來，臉上的傷看來好了很多。

「不知道是哪裡來的，竟然偷搬東西。」我說。

「什麼叫偷，你不要誣賴人喔。」

「這是我家，你們未經允許搬走我家的東西，就是偷。」

「你有什麼證據證明這裡是你家？」

「他媽的，你偷東西還敢嗆聲？」

「我們是接到通知才過來的。你這樣罵人，我可以告你毀謗。」

「我肏你媽的，幹你娘！」

「你冷靜點。」韓吉把我拉住，「這樣吧，我們先叫警察，等他們過來，大家把事情弄清楚。」

「也不用叫警察啦，應該是誤會，可能給錯地址，我打電話回去問一下。」

「白走一趟。」貨車上的搬運工跳了下來，「這樣錢要怎麼算。」

「現在不要跟我談錢，沒有看到我正在處理事情嗎？」

「不然你們把東西搬回去，這件事就算了。」韓吉說。

「沒錢沒力氣啦，要搬自己搬，再不然你叫他搬。」

我甩開韓吉的手，爬上貨車想把冰箱搬下來。

「你不要動。」韓吉把我叫住，「打給警察。」

最後，兩個搬運工把電視和冰箱留在路邊，開著貨車走了。

「你們等我一下，我回去要上面的人來跟你們說清楚。」戴帽子的人跨上摩托車，發動引擎離開。

我把被拆掉的門斜靠在牆上，和韓吉把東西搬回屋子。清理完被工人倒在地上的食物，我把手在褲子上抹了抹，摘下門牌收進背包。

韓吉用沙發把門擋住，從裡面爬了出來。「好了，休息一下。要不要跟我去河邊走走。」

我們沿著河濱的腳踏車道一路往馬場町的方向走。太陽曬得我起了雞皮疙瘩。籃球場邊，一個騎越野車的人在彎曲的坡道上練習特技，我們在旁邊看了一下，我覺得好像有點中暑，於是走到樹蔭下休息。

「還打籃球嗎？」

我彎著手指在脖子後面刮痧。

「早就不打了。」韓吉拍拍他的腿，「沒辦法跑了，還沒變天，就不舒服。」

我脫了鞋，走上健康步道，來回走了幾趟，最後索性躺下，用石頭按摩著背。他坐在一旁的長椅上，問我對於喪禮有沒有什麼想法。

「沒有，就交給劉媽她們去辦吧。」

「你自己有什麼打算？」

「沒想過，一個人，怎麼樣應該都可以吧。」

「要不要來上海？有個照應。」

「我？我朋友同學都在這裡，上海人生地不熟的，也不知道要幹嘛。」

「一定會有事情可以做的。」

我側頭看了看他。「不正當的事我不幹。」

「我想開間店，賣點吃的，賺錢事小，做得開心比較重要。」

從樹葉間穿過的陽光刺眼，我瞇著眼睛，感覺著那種白亮的暈眩。

「你跟小丘聯絡上了嗎？」我問。

他站起身來，影子遮住了光。

「你知不知道我跟小丘後來沒有結婚？」

「不知道，我以爲你們結婚了。」

我望著他，只能見到輪廓。

他把鞋子脫下，也踏上了步道。

「我們訂完婚，本來計畫一畢業就結婚，但是我畢業考的時候作弊被抓，她一開始是安慰我，後來卻說要分手。」

「分手？因爲？」

「她說她要出國唸書。我不信，所以到她家門口堵她。她見到我，先是嚇一跳，然後就哭了。她媽聽到聲音開門請我進去，要小丘先回房間。她媽一邊泡牛奶，一邊說她對軍人沒有偏見，當年她也是不顧全家反對，嫁給小丘的爸爸，小丘的爸爸也知道她的犧牲，所以特別努力。一直到升上將軍，她那些哥哥姊姊才比較接受他。將心比心，她原本想給我一個機會，沒想到我竟然會被退學，一切只好算了。

「我的腦袋一片空白，我說我想聽小丘親口跟我說。她說母女連心，自己知道女兒心裡怎麼想的。她要我放過小丘，因爲她已經夠慘了，女孩子家最重要的就是名聲，現在丟臉丟到家，這裡已經待不下去了，他們決定送她去美國，希望能重新開始。

「我還是堅持要見小丘，然後屋外有車子停下，她爸穿著軍服進門，一見到我，就問她媽事情是不是已經都講清楚了。我很怕小丘的爸爸，站在旁邊聽他訓話，連屁也不敢放。最後，她爸爸對我說，不管怎麼樣，作弊就是不對，人最重要的就是誠實。他相信以我的條件，只要痛改前非，未來一定還會有別的出路的。離開他們家以後，我在台北的同學家住了幾天，然後買了張機票就到上海去了。」

我坐了起來，撥掉頭髮後面的沙。頭還是有點昏，但已經好了不少。

「做人吶，還是務實點好，其實我成績很好，只是想拿第一，向他們證明他們沒選錯人，如果沒被退學，我同學現在有人都當副指揮官了，剛還一直打電話要我趁他這兩天留守，去他那裡喝幾杯。」

「結果你跟小丘聯絡了沒？」

「我昨天打電話問她了，她說沒這回事，她和她爸媽現在都在美國。人家過得好好的，沒理由找我。她還說就算要找我，也不會透過你，找大毛就好了，你知道大毛吧，他現在也在大陸。」

「沒印象，好像不認識。」我說：「還是她不想承認？她本來要我別說的。」

「誰知道，反正我問她，她說沒有。」

一對情侶騎著腳踏車從我們旁邊經過，風把女孩安全帽下的長髮吹得很亂，空氣裡全是青草和泥土的味道。

我看看時間，想起葬儀社的人要來。

「走吧，我該回去了。」我用手撐著地，站了起來。「你下午要幹嘛？」

「沒事，看你那邊有沒有什麼要幫忙的。」

「還好吧，應該沒有。」

「那我可能會回南部一趟，同學在營區留守，要我過去找他。」

「嗯，那你去忙吧。」

「不急，電話也還沒打來，先陪你回去再說吧。」

17

葬儀社的人不知道什麼時候來的，正坐在雜貨店外的鐵椅子上抽菸。見我和韓吉回來，立刻站了起來。

「有些東西要你決定一下。」他從夾板拿出一疊報價單。我接過單子才想起我們並不認識，怎麼知道要辦喪事的人是我。

我告訴他我們要火化。他說火化也是要選棺木，接著說明起不同棺木間的差異，比方木頭的種類，棺上有沒有雕花或雕字，最便宜的一種是用合板壓成的薄棺。他從胸前口袋拿出菸盒，請我抽了根菸。他說外婆算是高壽，用好一點的棺材，比較能夠表達對她的尊敬。我接受他的建議，選了一個中價位的款式。

「這款很多人用，高雅大方，木頭還有一種特殊的香味。」他拿筆在紙上做了記號。

第二張單子上是一些必要的花費。供飯、誦經、冷凍之類的服務都木已成舟了，不可能不付。接著，他拿出一本相本，要我選定骨灰罈的樣式。因爲外公的骨灰罈是黑色大理石，所以我選了白色大理石的材質。當他問起喪禮當天除了司儀和助手之外，要請幾個師父、用什麼樣的音樂等瑣事的時候，我突然一陣頭暈眼花，勉強用手撐著上掀式的冰櫃，好穩住身體。

劉媽這時從屋裡出來。

「啊這個是小地瓜嗎？」韓吉笑著點頭，表情有點尷尬。「你也回來啦？都這麼大了，結婚了沒有？」她一邊寒暄一邊對葬儀社的人交代，「他們家就他一個，你就照之前其他人那樣辦，不需要花的就不要，一切簡單隆重啦。」

「沒有問題，我都會安排好。」

趁他們說話，我翻了後面幾張開給別人的報價單，然後把單子整理整齊，交回他的手上。

「要現在付錢嗎？」

「沒關係，等事情都辦完了再給我就好，現在不用煩惱這個。」

葬儀社的人走了以後，我告訴韓吉我有點不舒服。

「難怪臉這麼白。」

「可能是沒睡好，等等回去休息一下。」我說：「你呢？」

「我？沒關係，我直接去搭車。他沒打來，我過去找他就好。」

「要不我載你去車站？」

「不用，捷運站幾步路而已。」

我送走韓吉，回到家裡，冒險爬下塌陷的房間。書桌卡在瓦斯爐和浴室之間，印表機和桌上的東西都散落在碎裂的木板間。好不容易拉開抽屜，才發現底層的木板沒了，書和紙袋裡的錢都已經成了灰屑。

我的腦袋一片空白。

我費了很大的力氣才爬出房間，離開屋子後，我在路上漫無目的地走。興建校舍的工地前面，不斷進出的砂石車擋住了路，於是我違規穿越馬路，經過自來水廠，轉進停車場旁邊的公園。

正逢午睡時間，老人和外籍看護都還沒出來，公園顯得有點冷清。水池裡的魚比上一次來的時候少了很多，手臂長的錦鯉全不見了，水也變得很混濁，池邊還生了青苔。沒想到才一陣子沒來，竟然發生這麼大的變化。我注意到綠色的水面下仍有幾群小金魚，只是游得很慢。我掏出零錢買了一罐飼料，沿著池子把飼料撒完，才發現一旁涼亭裡有對穿著制服的小情侶正在摸來摸去。我還沒來得及避開，女孩就已經破口大罵。

「看什麼看，沒看過喔，變態。」

她罵完後，跟男孩一同站了起來。她的裙子很短，黑色的襪子拉到膝蓋的高度。男孩染了金髮，身材瘦高，咬著嘴唇，一直瞪著我。我原本以爲他會過來揍我，但女孩勾著他的手，拖著他離開。他回頭看了我好幾次，我一直站在原地，直到他們走遠了，才發現自己把拳頭握得很緊，掌心還有指甲的痕跡。

現在公園裡只剩我一個了。我走進他們剛待的涼亭。涼亭的椅子被人用奇異筆和立可白寫滿了雜亂的語句。我坐著休息了一下，覺得嘴唇很乾，於是到販賣機買了一罐飲料。

手機在這時響了起來。我接起電話，安惠的聲音很有精神。她說已經看完我的稿子，也給總編看了。總編希望我回台灣以後，能跟我聊聊。

「我已經在台北了。」

「你等一下。」她把話筒擱下。

我拉開飲料拉環，喝了一口。

「現在有空嘛？能不能過來一趟？」

「現在？」

「總編想見你，她明天要出國參加書展。」

我騎著摩托車趕到出版社。安惠領著我到總編的辦公室，總編正在講電話，她向我點了點頭，指著椅子要我先坐。

幾年前，我第一次被總編約見時，她說我的文筆通順，但作品過於批判憤怒，又說不見得要死這麼多人，才能表達對社會的不滿。她提醒我會寫故事的人很多，但除了好看，別忘了向上的力量。過了好幾年，我才慢慢體會所謂向上的力量，並不見得是善的力量，而是在探討生命——所有的故事都離不開這一點，每個故事都是作者反芻自己所得來的——之餘，還要爲生命保留一點餘地。簡單地說，就是不要把故事寫死，阻斷其他的可能。對作者來說，也算是放自己一條生路，避免因爲作品而限制了人生。

「這次寫得不錯。」總編說。

「謝謝。」

安惠端了一杯熱茶給我。

「你也坐吧，一起討論一下。」

我接過杯子，喝了口水。

「你的手怎麼了？」總編問。

我看了看手，拳頭上有個小傷口正在流血。

「不知道，可能不小心撞到了。」我用嘴把血吸掉。

「去看看有沒有醫藥箱，拿藥給他搽一下。」

「不用了，真的，沒事。」

安惠還是起身離開。

「作家的手很重要。」總編說：「受傷就麻煩了。你進步好多，我看完嚇了一跳，有沒有計畫什麼時候寫完？」

「可是，」我猶豫了一下，「老人跟我說他已經講完了。」

總編聽完楞了一下。

「什麼老人，這難道不是你寫的？」

「是我寫的，但我只是代筆而已。是安惠介紹給我的。」

「什麼是我介紹的？」安惠拿著OK 繃進來。

「我在說那個老人。」

「什麼老人？我不知道。」

說完，我們三個人面面相覷。

「青田街的那個老先生，你不是給我地址，要我去找他嗎？」

「你不要開玩笑，這不好笑。」

氣氛變得很僵。

「沒關係，故事好看就好，其他的以後再說。」總編連忙打起圓場，「好久沒見到你，怎麼樣？最近好不好？」

「還可以，不過外婆過世了。」

「啊？」總編先是驚訝，隨後嘆了口氣，「那你還特地跑來，改天不就好了。」

「還好嗎？你剛在電話裡怎麼不說？」安惠問我，先前的不悅已不復見。

「你先回去好好休息，平復一下心情，等我回來，我們再約。」總編從辦公桌起身，送我出門。出版社不大，但從總編的辦公室走到大門的路卻好長。她一邊安慰我，一邊誇獎我比上次成熟許多，希望我能堅持下去。「有時候寫作也是一種治療。」

「謝謝。那我先走了。」自動門在面前開啓。我走出大門，抬頭看著天空，天上有朵又黑又大的雲。經過忠孝東路的時候，雨一滴一滴落下，在馬路上打出碗大的印子，接著傾盆而下。我淋著雨，看著騎樓下躲雨的人，有人試著到路邊攔車，但沒有計程車停下，車上都已經坐了客人。

「這雨下得莫名其妙。」回到吳亞麗家，大樓管理員說完，從櫃檯裡拿出一盒面紙。

「是啊，有點突然，下午還好好的。」我摘下眼鏡，用手抹掉臉上的水，禮貌性地抽了張衛生紙。電梯門關上前，我發現管理員拿著拖把，正準備把從我身上滴下的水拖乾。

我一進門，就把濕掉的衣服脫掉，光著身子走進浴室，在裡面沖了好久的熱水。換上乾淨的衣服後，我泡了一杯熱咖啡，在電視機前看起重播的日本搞笑節目。笑得正開心的時候，我想起外婆死了。我似乎不該在這個時候看這種節目。我又看了一段，直到進廣告，才關了電視，從背包裡拿出電腦。

我看了幾頁稿子，總編剛才的誇獎讓我有點開心，但安惠的反應卻讓我覺得很不對勁。窗外，雨已經停了，我試著撥了幾次電話給安惠，但都直接轉進語音信箱，我忍不住衝動，騎著摩托車又去了出版社一趟。

「我想跟你談談。」

我的冒失闖入引起了一些騷動。

「怎麼不打電話就好。」

「打了，但是你都沒接。」

「哎呀，沒電了。」她拿起手機檢查，「那你先等我一下。」

安惠說完，把一疊稿子送進總編的辦公室，出來之後，回到座位整理了一下，拎著手提包走向我。「走吧，想去哪裡？」

「不知道，這附近我不熟。」

「也不一定要在這附近，已經可以下班了。」

牆上的鐘指著六點，總編從辦公室探頭出來，笑著說：「去吧，你們去好好聊聊。」

走出大門後，我壓低音量問：「是不是不能讓總編知道你找我代筆的事？」

「不是，我最近實在太忙，好多事情要處理，可能是這樣所以忘了。我後來跟總編說過了，她還怪我太粗心。」

「原來是這樣。」我鬆了一口氣，「那你別累壞了。」

我從行李箱拿出抹布擦乾座墊，然後把安全帽交給她。

「我還好，你看起來比我還累。」她跨上後座，車子重心有點不穩。「稿子的事就先擱著吧，先把家裡的事處理好，好好休息一陣子再說。」

我在十字路口停下，接連兩個長紅燈讓人有點不耐。

「你外婆怎麼了？」她問得很小心，「不方便說也沒關係。」

「沒事，是電線走火。」我說：「不過人沒怎麼樣，可能是濃煙嗆的。」

「沒怎樣？我剛還以爲你說她過世了。」

「不是。她過世了。沒錯。我是說人沒有被火燒到。」我試著解釋，「屍體沒有燒焦。」

「喔。」她點了點頭，「那你有地方住嗎？沒有的話可以住我那裡，不過有點遠，而且靠山，比較潮濕。」

「沒關係。我現在住朋友那裡，不過還是謝謝。」

「嗯。那裡我租到年底，但是我下個月就要回去了，所以你要住的話跟我說一聲就好。」

「啊？回去？怎麼沒聽你說？」我有點驚訝。

「其實已經想很久了，我爸爸前幾天身體又有狀況，我媽媽希望我回去幫忙。以前年輕，不想被綁在家裡，但弟弟妹妹現在都在準備考試，如果我在家，應該會比較好。」她說：「起碼功課有人可以問。」

「那以後就很難見到了吧？」

「現在交通這麼方便，想見面約一下就可以了。」

號誌變成綠燈，我催動油門，她向後仰了一下，用手扶住安全帽。

「其實總編很喜歡這個故事，也很想幫忙，如果你能寫完，我想一定可以出版。你不要急，時間不是問題，慢工出細活比較好。」

我沒有回答，連闖了幾個紅燈，又逆向彎進單行道，直到差點被巷子裡的車撞上，她才問：

「現在我們是要去哪裡？」

「快到了，就在前面。」

我把摩托車的車頭燈打開。

「該不是要帶我去老人住的地方吧？」

「你不是不相信嗎？那怎麼會知道他住在哪裡？」

「我從來沒說我不信。」她說：「而且你稿子裡有寫他住在清真寺附近。」

我搖搖頭，隨便找了個地方停車，然後走進兩旁都是圍牆的巷子。巷子裡很安靜，除了路燈之外，沒有其他的燈亮著。有些房子的屋頂塌了，也有些已經做了補強改建。

「就是那裡。」我指著盡頭的房子，「不過門的顏色好像換了。」

按了電鈴，沒人回應，我又試了一次。

「門應該沒鎖。」

「這樣不好，還是算了吧。」

才輕輕一推，門就開了。通往屋子的小徑上全是落葉。我摸黑走在前面，安惠拉著我的袖子。

我拉開紗門，先敲了敲門，然後轉開門上的喇叭鎖。

「不要。這樣不好。」安惠說。

老人的家在黑暗中出現，陳設隱約可見。

「要不要進去？」我問。

「不要。闖進別人家裡很不應該。」她說：「而且怪可怕的。」

我不想勉強，於是把門關上，和她一起走出巷子。

「那房子看起來很久沒人住了。」

「我上個星期才去過。」

「裡面味道很怪。」

「可能是窗戶沒開的關係。」我懶得再解釋。「要不要我送你回去？」

「不用，你快回去休息。」

「我要回公館，那裡搭公車比較方便，我順路。」

看我堅持，她也沒再推辭。我在捷運站外的斑馬線前停下，她從摩托車上下來，把安全帽交還給我。

「謝謝。」

「謝什麼？」

「我也不知道。能親眼看到故事裡的場景好像是很特別的事。」

我聳了聳肩，「快去吧，在閃燈了。」

「你也快回去休息。有事隨時可以找我。」

她和其他人一起穿越斑馬線，上了停在專用道上的公車。

我回到吳亞麗家，茶几上的筆電螢幕仍然亮著。我打開電燈，疲憊地癱坐在沙發上。雖然安惠改口說是因爲太忙，所以忘了，但她下午氣急敗壞的表情在我心裡揮之不去。更早一點之前，韓吉也說小丘說她並沒有打電話給我。

我覺得自己好像被困住了。

我不知道他們爲什麼能夠對我說，這些發生在我身上的事情，其實沒有發生過。或許是忘了，或許是說謊，也或許是被人騙了，但不管怎麼樣，如果真像他們所說，這些事並沒有發生，那我現在就不會在這裡。我會在自己的家裡，而外婆，外婆也可能不會出事。

我一度想立刻跟他們對質，證明他們是錯的，要他們道歉，可是我很快地發現，這些並不那麼重要。外婆已經死了，這是事實，沒有人能爲此負責，必須承受這個後果的人是我。

對於死亡，活著的人，沒有別的選擇，只能接受。

雖然如此，我還是決定爲自己做些什麼。我不想再反駁他們的說法，我只想把發生在我身上的事情寫出來，讓這些事情變成具體的存在。

確定了這個想法之後，我在鍵盤上敲了幾個字，從接下幫老人寫故事的工作開始，一直到老人離開後和小華、劉哥與吉米的聚會，我都逐一寫下。這些事情在腦中意外鮮明，我幾乎可以記得每一個細節。看完寫好的稿子之後，我突然覺得這被寫出來的一切，看起來像是冥冥之中安排好的。

我爲此感到興奮，卻也因此不知該如何繼續。我決定休息一下，走進浴室把洗手台下的檜木桶放回淋浴間，放滿熱水後，屈膝坐了進去。木桶雖然很小，但剛好能夠容身。放鬆之餘，我的想法和先前又不一樣了。這些事情可能並非是預先安排好的，也不是巧合，而是已經在腦袋裡經過神秘地整理，而讓它們被寫出來後看來互有關聯。我的腦子在意識、潛意識，甚至是無意識的問題中打轉，卻沒想出任何結果。我看著被水泡皺的手指，想到海裡的珊瑚張著觸手隨海浪擺動的同時，也拍動著海水，雖然兩者力量懸殊，稱不上互爲因果，卻是同爲因果。或許記憶也是一樣，它們影響著我，我也影響著它們。

我跨出浴桶，把水全倒在地上。水很快淹過腳背，我彎腰清掉排水蓋上的頭髮，看著水在排水孔上形成漩渦，想起自己好像忘了餵魚。

吳亞麗的魚缸裡，養著一群螢光色的小魚、一隻清理魚缸的魚和兩隻紅色金魚，大的那隻臉腫得像獅子，另一隻則是一般的品種。我撒了點飼料，兩隻金魚立刻浮上水面，嘴巴不斷地開合，偶有螢光色的小魚脫隊，一叼到飼料就立刻游開。雖然玻璃、水草跟石頭都很乾淨，但還是稍嫌擁擠。我注意到兩隻金魚的尾巴都被咬了一些缺口，於是又倒了一些飼料。

我在床邊坐下，房間的燈沒開，只有魚缸裡的日光燈亮著，像是黑暗中的螢幕。我看著那些魚游來游去，想起夜總會裡那些與我素昧平生，卻在包廂裡稱兄道弟的人，他們唱的歌仍猶在耳。

我回到客廳，點了根菸，靠在沙發上回想著那幾天見過的人。

我首先想到的是小西，她穿著紫色的皮裙和綠色的網襪，拿髮釵的手指沒有擦指甲油，蓬鬆的捲髮讓臉看起來特別的小。然後是計程車司機那張不耐煩的方臉和一口發黑的爛牙。那天在包廂裡的人，有些我一時沒辦法想起他們的長相，但當我進入狀況後，就算站在電扶梯邊，僅是一閃而過的服務生，也都有了張清晰的臉。

我把電腦放在腿上，一邊抽菸，一邊把後來的事情寫下，直到點燃最後一根菸時，才發現房間裡全是菸味。我打開窗戶通風，但似乎沒有什麼效果，索性拉開大門，只見一個穿著短裙，露出長腿的女孩，站在斜對面的房門口等人開門。她似乎喝了酒，腳踝上繫的彩色繩子讓她看起來非常性感。我忍不住多看了幾眼，隨即提醒自己別再生枝節，於是關上房門，走回窗邊。對面的銀行前停著一輛警車，警察填完巡邏箱後離開。我把菸屁股彈熄，丟到馬路上，拉起窗簾，一股作氣寫完在大陸發生的事。

我想把稿子列印出來，於是把檔案存進錄音筆，披上夾克去便利商店列印。走出電梯時，我嚇了一跳，竟然已經快中午了。

由於沒有用過便利商店的列印服務，所以我在機器前面多花了一些時間研究，排在後面的兩個年輕人一直發出不耐煩的聲音。我回頭看了一眼，他們手上拿著影展的手冊。

「你還要用很久嗎？」其中一個忍不住問。

「應該不會，只是我第一次用這個印東西。」

「隨身碟要插在插槽上。」另一個說：「乾脆我幫你印吧。」

我讓出位置，看著他熟悉地操作著機器。

「你們是要買票嗎？」我問。

「不是，票已經買了，今天開放劃位。」

「喔？我以爲要去年代櫃檯才能劃。」

「那是以前，改很久了。」

「全部都要印出來嗎？」

「對，全部印好了。謝謝。」

我揉揉鼻子，指間都是臉上的油。一旁的事務機很快印出了第一張稿子，手機卻在這個時候響了起來，我不好意思在他們面前接，於是把電話切斷，等稿子都印完，結帳後才回電給小華。

「怎麼不接電話？」

「沒有，剛才在忙。」

「要不要一起吃飯？」

「還好。不是很餓。」

「那碰個面喝點東西。」小華說：「免得劉哥一直擔心你。」

「好吧，要約哪裡？」

「你決定吧，我們都可以。」

「去挪威森林吧。」

我到咖啡店的時候，注意到屋外多了兩張椅子，有人坐在上面抽菸，玻璃窗上貼著室內禁止吸菸的告示。我抽了根菸才進去。劉哥一見到我眼眶就紅了。我拍拍他的肩膀，在小華對面坐下。

「怎麼會禁菸了？」我問。

「宣導很久了，今天生效。」

「夜店好像還是可以。」劉哥說。

「是嗎？」

我接過點餐的單子，才發現服務生換人了。新來的服務生捲著褲管，踩著藍白拖鞋，心不在焉地站在旁邊。

「卡布其諾，雙份的。」

「什麼？」

我又說了一次，然後把單子交還給他。

「事情都辦好了嗎？」小華問。

「應該吧，都是鄰居在幫忙弄。」

「那你剛說你在忙？」

「在寫小說，剛拿去印。」我花了一點時間解釋昨天在出版社遇到的事情，「我之前是不是跟你們說過我在幫一個老人寫東西？」

「我是沒聽到。」劉哥說。

「我不知道你現在講這個幹嘛？」小華說完，拿起菸盒出去抽菸。

「對了，如果有需要，我認識一個伯父，算是我們家的世交，之前我奶奶過世有請他幫忙。」

劉哥說：「時辰和方位那些都要算，命格不一樣要唸的經也不一樣。」

「是算命的嗎？」

「不是，他平常只看風水，只有比較好的朋友才會幫忙做這些，不過因爲很傷元氣，他不太願意做。」

「我不太信這個。」

「這種事寧可信其有，如果是真的怎麼辦？」

「我們是火化放靈骨塔，應該沒有這方面的問題。」

「我奶奶也是。現在都是火化，靈骨塔放進去也要看方位。」

「要多少錢？」

「意思意思，包個紅包，當作是結緣就好。」

我沒有答話，四周的聲音傳進耳裡。有人在聊最近看的電影，有人在談進貨成本，還有幾個女孩不知道在笑些什麼。我看著牆上的相片，波赫士跟海明威還在，但那個騎摩托車的人卻不見了，換上一張明明是黑白照片，卻可以知道是金頭髮的人，不過我不知道他是誰。

「你知不知道劉哥那幾天去看你外婆的時候，她有多高興？」小華問。

「嗯？」

「一開始劉哥只是送吃的東西去，結果她一直留他下來聊天。後來幾天，劉哥還帶她去坐捷運，去總統府跟中正紀念堂，她說她搬來台北這麼久，從來都沒到過這些地方。我跟他們去了一天就不想去了，因為我看到她的樣子就會生你的氣。我以前覺得你堅持寫小說很不簡單，但沒想到你竟然會為了寫東西，忽略掉身邊的人。」

「謝謝。」我把裝稿子的塑膠袋移開，讓服務生送上咖啡。

「你太自私了。」

接著，小華開始談起犧牲。他說人類得要犧牲自己，才能凸顯出人性。所謂的善，並不是施捨，而是犧牲，犧牲自己想要的時間、金錢，甚至是快樂。

「爲什麼一定要犧牲？」劉哥問。

「犧牲不見得能讓人快樂，但不犧牲往往會讓別人不快樂。」

在吵雜的咖啡廳裡聊這些，實在有點奇怪。

「我沒有這麼偉大，我只是想把小說寫好而已。」

「這不是偉大，沒人逼你要無私，但是也不能覺得自私是應該的。如果你真的想寫出點什麼，就要把這些放在心上。不過，如果你只是想寫些討好別人的東西，那我告訴你，這世界已經有太多的娛樂，不需要你多提供一種。」

我覺得他太嚴苛了。他可能忘了寫作的人面臨著什麼樣的痛苦。

「你看我。我以前想要錢，現在我有了錢，一堆人靠我吃飯。有些是無賴，有些拿錢去揮霍，有些變成自私的人，但我能怎麼辦？就此放手？沒有辦法，來不及了，回不了頭了。現在要我不做，我不知道還能做什麼了。」他停了一下，又繼續說：「我本來很羨慕你，但沒想到你竟然忘了更重要的事。這樣的話，寫得再好也沒用，不用看也知道你的程度。」

「唉呀，幹嘛這樣。」劉哥試著緩頰，「寫東西有什麼關係，轉移一下注意力也好。」

「你閉嘴。」小華說完，伸手要我把塑膠袋遞給他，「這稿子我拿走了。你先去把該做的事情做好。」

他要劉哥把單買了。我一口喝完剩下的咖啡，覺得心跳得很快。走出店外，我點了根菸，騎著摩托車去了殯儀館。

殯儀館裡，所有人的靈位擺成一排。外婆靈前放著幾個紅色的塑膠碗，裡面是和其他往生者一樣的拜飯。我注意到其他人的靈位都有照片，有些人的靈前還放了花。我不想買殯儀館外那些專供悼念用的，於是決定回家附近的花店買花。

花店的架子上陳列了很多花，冰箱裡也有一些。店員向我走來，站在旁邊等了一陣子才問我：「是要做什麼用的？」

我站在花架前猶豫了一下，然後指著百合說：「我想要這個。」

「預算大概多少？」

「無所謂，但是要這麼粗。」我用兩手圈出碗口的大小，「剪短一點，要能放在桌上，我要兩個。」

「要不要搭些其他的花，看起來會比較豐富。」

「不用了，一種就好。」

我提著兩束百合回到殯儀館，把花放在外婆牌位的兩側，然後點了三炷香，先朝外面拜完，再對著外婆的牌位拜。跪下磕頭的時候，我想起外公，於是點了根菸插在靈前。劉媽在這個時候來電話，她說訃文已經印好，如果我不看的話，就要直接寄出去了。

「我等一下就過來。」

我回到雜貨店，劉媽和幾個鄰居正在摺紙蓮花。一見到我，他們停止聊天，對我投以憐憫的眼神。我看了訃文，言簡意賅，沒有錯字。

「沒問題的話，我找人把地址寫一寫寄出去。」劉媽說。

「這讓我來吧。」

「不用啦，我已經找那個誰，他字寫得好看。」

「還是我來好了，不然我什麼都沒做。」我把裝訃文的提袋拉到腳邊，「還有沒有什麼要做的？」

「對了，葬儀社的人說照片還沒給。」

「好，這我會處理。」

我帶著寄送名單和訃文回到吳亞麗家，打開劉媽之前拿給我的鐵盒。鐵盒裡有幾張外婆的大頭照，從黑白到彩色的，張數不多，表情都不太自然。我把其他的照片看了一遍，其中還有我小時候的照片。最後，我挑了一張她年輕時穿著旗袍的照片送去葬儀社。

我上一次到葬儀社已經是十年前了，沒想到現在的葬儀社不但裝潢得很漂亮，還有舉辦告別式的地方。承辦我案子的人問我要不要在這裡舉行喪禮，我說不用，然後拿出外婆的相片。

「我希望用這一張。」我說：「可能要裁一下，還要放大。」

那人看了看照片，然後放進檔案夾裡，「這個照相館會弄。」

「請問什麼時候會好？」

「今天的已經送過去了，明天拿去的話，可能後天，最晚大後天。」

「今天不行嗎？」

電話響了。那人接起電話，拿筆抄下地址，朝著走廊大喊：「在裡面的都給我出來。」幾個拿著撲克牌的小伙子從後面出來，「文哥在不在？」

「不在。」

「去哪裡了？」

「不知道。」

「那你們兩個去這裡。」他把紙條交了出去，「一個騎車，一個開車，東西要記得帶，到了先打電話回來。」

他把事情交代完，才想起我還在等。

「啊還是你要自己拿去洗？到時候把小張的給我們就好。」

我聳了聳肩，帶著照片回到家附近的照相館。雖然我很少洗相片，但經常在吃自助餐的時候看到老闆來買便當。他看起來並不忙，身後架子上待售的相機已經是很舊的款式。聽完我的需要，他拿起尺跟鉛筆在外婆的照片上輕輕畫了幾條線。

「你看這樣行不行。」

我接過照片，和旁邊掛著的學士照比較了一下。

「可以。那大概要多久？」

他看了牆上的時鐘，「你去逛一下，很快就好。」

我穿過地下道，跟著人潮從大學口一路走到捷運站，水源市場邊的夜市今天沒有擺攤。東南亞戲院外的電影海報沒有一部是我想看的。我想起應該要買些郵票，沿著汀州路走到郵局，旁邊花店的店員正在掃地，她似乎注意到有人在看她，抬頭認出是我後，點頭對我笑了一下。

我走進郵局，負責郵務的先生把剛收下的包裹一一放進布袋。

「對不起，我想買郵票。」

「來，要幾塊的？要多少張？」他仍忙著手邊的事。

「我想一下。」

「國內還是國外？」

「國內。」

「平信還是限時？要不要掛號？」見我猶豫，他又問：「你是要寄什麼？」

「訃文。」我低聲說。

「那沒有人在用掛號的啦，限時也不行，要寄平信，這是禮貌。」

買完郵票，時間還很充裕，我決定先填飽肚子，於是走進維綸麵食館。可能是晚餐時間還沒到，店裡只有我一個客人。我把用紅筆寫下的點菜單交給老闆，從冰箱裡拿了兩盤小菜。搶鍋麵和蔥油餅很快就送了上來。我對著湯匙裡的湯吹氣，心裡閃過前幾天和外婆在順園吃飯的畫面，突然覺得有些難過，但並沒有持續太久。剛下班的客人陸續進來，嘈雜的聲音讓我有點煩躁。我很快地把東西吃完，結帳離開時，外面的天色已經全暗了，路上也開始塞車。

我在電影海報店裡消磨了一些時間。雖然那些海報我大都已經看過，但是每次再看都還是覺得有趣。我原本想買下其中一張，不過想到現在自己沒有住的地方，又把海報放了回去。最後，我買了一個細邊的黑色相框，原因是奧黛莉赫本的照片放在裡面很好看。

回到照相館，相片已經洗好，我請老闆把照片稍作裁切，好符合相框的大小。

「這樣配起來很新潮。」

「謝謝。」

「上個霧面膜更有質感。」

我聽從老闆的建議。上膜與裱框後，外婆看起來還真有點明星的樣子。

經過吳亞麗家附近的便利商店時，我摸了摸口袋，急忙把車停在路邊，跑進便利商店，走到早上印東西的機器前，插槽上面什麼都沒有。

「請問有撿到錄音筆嗎？」

「錄音筆？」店員把客人買的東西刷過條碼機，看著螢幕上的金額說：「一百五十八元。」

客人在桌上放了一張一百元，接著從皮包裡掏出零錢。

「我早上來列印，忘了帶走。」

店員將零錢點清楚後，把發票和點數交給客人。

「交班的時候沒看到。」

「比隨身碟大一點，有點像聽MP3的，兩邊有麥克風。」

「什麼顏色？」

「黑的。蓋子在這裡。」

我把口袋裡的蓋子拿給他看。後面排隊的客人看起來有點不耐。

「你要不要等一下，我服務完客人幫你找看看。」

「好，謝謝。」

我在旁邊站了一下，覺得有點尷尬，於是走到店外，坐在摩托車上，點了根菸。他彎腰在櫃檯下面找了一下，然後走進後面的房間。

「沒有看到喔，你要不要早上再來，早班應該比較清楚。」

「沒關係，謝謝。」

我買了一枝黑色簽字筆，回到吳亞麗家，將裱好的照片靠在電視機旁，盤腿坐在茶几邊，照著寄送名單把收件人的姓名和地址盡可能工整地寫在信封上，貼上郵票後，騎著摩托車出門。爲了不讓郵差打開郵筒發現裡面全是訃文，所以我沿路投了好幾個郵筒。做完之後，我突然鬆了一口氣。或許明天，所有人都會知道外婆過世的消息了。

19

喪禮的前一天晚上，我睡得不好，天才剛亮就起床了。到殯儀館的時候，兩個中年婦人站在殮房門口，我把要給外婆換上的衣服交給她們。

「要不要進去幫忙更衣？」領頭的那個問。

「一般都會進去嗎？」

「不一定。但是有家屬在場比較好。」

我跟著她們進去，站在靠牆的角落看著她們熟練地按摩關節，然後像拔甘蔗一樣搬動外婆的手。我看著露出棺外的手，突然一陣鼻酸，轉頭用袖子擦掉眼淚。衣服換好後，她們叫我過去，遞給我一疊紙錢，要我把紙錢放進棺材，剩下的由她們來處理。我照著做完，又退回牆邊。過了一會兒，劉媽來了，跟幾個鄰居拎著一大袋紙蓮花站在門邊。

「來，你把這個拿去放在裡面。」

「你們要不要進來放？」

他們魚貫走了進來，圍著外婆的棺材，把蓮花放在她的身邊。

「來，你來看一下。」

劉媽說完，我走向棺材，這時才清楚見到外婆的臉。她戴著帽子，只剩一張臉露在外面，身體浸在蓮花跟印有經文的黃巾裡，好像馬上就要消失了。

準備工作結束後，他們把棺材蓋子虛掩，要我捧著遺照，拿著繫了布條的竹子走在前面。通往會場的走道很寬，磨石子地板和白牆讓陰暗冰涼的感覺變得更爲強烈。四周一片寂靜，只有輪子滾動的聲音，其間不知從哪兒傳來的金屬碰撞聲，每次都讓我心頭爲之一顫。

到了會場，這種不安就消失了，我無事可做，看著一位先生脫下鞋子爬到桌上，調整外婆遺照的位置。

「這照片好，你外婆年輕的時候就是這麼漂亮。」

劉媽把葬儀社拿來的麻衣麻帽和毛巾交給我，然後說要去外面張羅公祭的事。我把毛巾纏在手臂，負責誦經的師父要我跪在後面，兩個助手也站到定位，木魚和響鈴的聲音響起，家祭就開始了。

要把經書上不懂意思的字句唸出來，需要極大的專注，唸完第一套經，我就已經恍神。師父的後腦袋長了淡青色的頭髮，耳垂非常大，耳朵上還留著摘下眼鏡的痕跡，領子的髒污和脖子的肥肉讓我看了不太舒服。可能是沒聽到我的聲音，他轉過身來，幫我把經書翻到正在唸的那一頁，我這才注意到他手上戴著一支鑲著藍鑽的金錶。

木魚的聲音再度響起。外婆燙了頭髮，穿著繡花旗袍，散發光彩的眼睛望著遠方。我轉頭往後看，來參加喪禮的人比想像的要多，有些已經入座，大部分仍在外面寒暄。劉媽已經出嫁的女兒也特地回來了，正把毛巾遞給一個需要人攙扶的老人。我本來不想收奠儀，但劉媽說別人的喪禮外婆都有包，不收不太好，所以我也沒再堅持。

師父拍拍我的肩膀，取走我手中的經書，要我先喝點水，到旁邊休息一下，然後領著兩個助手和司儀講了幾句話。他離開時，劉媽迎上前去道謝，我看著他們走下階梯，起身追了出去。

「來得正好，快向師父道謝。」

陽光照在我的臉上，我瞇著眼，沒有說話。

「你放心，」他把太陽眼鏡拿在手上，「剛剛那些經長輩都已經收到了。」

你到底是不是和尚？我把問題在心裡反覆唸了幾遍。如果真說出口，劉媽可能會尖叫說不可以對出家人這麼沒有禮貌，搞不好還會下跪道歉。

「謝謝，謝謝你們幫忙。」我說。

回到會場後，陸續有人來跟我講話，有些我認得，有些沒有印象。司儀看完手錶，宣佈公祭五分鐘後開始。所有人回到位子坐好，剩我一個人站在走道上。我不知道接下來該怎麼辦，於是走到靈堂邊，對著所有人跪下。

「還沒開始，可以先到旁邊休息。」司儀說。

「沒關係。」

他沒有再管我，整理起手邊的水果籃和花牌。

我看著眼前的賓客，距離上一次相見，他們又更老了。我向看著我的人一一點頭致意。韓吉向我走來，白色休閒服上標明尺碼的貼紙還沒撕下。

「孝服要去哪裡拿？」

我想起身幫他找，但腿已經麻了。

「劉媽應該知道。」

小華和劉哥走進會場，在最後一排坐下。韓吉換好衣服，跪在我的旁邊。司儀戴上白手套，拿起麥克風，一旁的音樂老師奏起了哀樂。

首先致意的是立法委員，然後是市議員、警察局的分局長和里長。這些人我全都不認識，但他們表情都很肅穆，還在我和韓吉向他們跪謝以後，跟我們握手，要我們節哀。里長送走他們，打了通電話後，回到座位坐下。接著被唱名的公祭單位是以前住過的村子，由中校代表主祭，聽說是包車一早趕上來的。中校爲外婆獻花果酒時，後面的老鄰居有人跟著鞠躬，有人只是站著，等司儀要大家三鞠躬時，所有人才又一起鞠了躬。

我們跪謝答禮後，一個骨瘦如柴，插著鼻管，由看護照顧的老先生向我們走來，貼著針管的手不停地比劃，但我們沒辦法聽懂他的意思。我看著他稀疏的白髮和凹陷的五官，心裡覺得難過，於是站起來把他扶到第一排的椅子上。回來的時候，才發現韓吉哭得很慘，不停地抽搐。看他哭得傷心，我卻不難過了。

獨自致意的老人比想像中要多，一一叩拜回禮後，我的腰已經舉不起來，只好用手撐起身體。

小華是公祭的最後一個，只有劉哥跟在後面。舉完花牌、水果籃和酒杯，他曲膝跪下，磕了三次頭，起身捻香放進香爐。劉哥跟著做完，司儀請想捻香致意的人走到中間排成一列，然後公祭就結束了。

「要瞻仰儀容的請到靈堂後面。」

外婆的臉上化了妝，剛剛更衣的時候，她的嘴巴還有一點開，但現在他們已經幫她閉攏了。進來的人沿棺材繞了一圈，有些還流下眼淚。所有人都走了以後，只剩我跟韓吉。

「家屬再看最後一眼就轉過去，然後就要封棺了。」

司儀說完，我轉身背向棺材，但馬上又轉了回來。

「現在不可以回頭。」

我沒有理他，摘下手上的毛巾，把外婆臉上的水擦掉。司儀叮嚀我等一下不可以再轉過來，這次我聽了他的話。等到再叫我的時候，他要我把遺照捧好，我把綁了布條的長竹子交給韓吉，步行到旁邊的火葬場。

火化的時間排得剛好，位置才空出來，我們就到了。我看著負責火化的人把棺材推進爐裡，然後拉上拉門。

「記得要喊她的名字，要她快點出來，不要被火燒到。」

對於葬儀社人員的交代，我原本不想理會，但聽著韓吉和劉媽在火爐前一聲一聲地喊，卻忍不住哭了起來。

「婆婆，你快出來啦。」

我對著棺材大喊，跪在地上，情緒崩潰。

負責火化的人按下按鈕，爐門上的小窗亮出火光。窗口關上後，我慢慢冷靜下來，但身體還在發抖。

「你去車上休息一下。」

我沒有力氣開口拒絕，任小華和劉哥把我扶起，送進車裡。

他們叫醒我的時候，外婆已經成了鐵盤上的骨頭。

「來，你先撿一塊。」

我接過長筷子，夾了一塊放進骨灰罈。然後葬儀社的人把筷子拿走，挑了幾個說是舍利子的東西。我仔細看了一下，指著幾個類似的骨頭。

「那種不是。你們長輩是不是生病很久，常常打針吃藥？」

「是有在吃藥。」

「吃太多藥燒起來會變彩色。」

他邊說邊用筷子把骨頭從腳到頭依序放進罐子，又鏟了一些碎骨，最後放上頭蓋骨和那些舍利子。

「來，你把它蓋上。」

「鐵盤上還有很多。」

「放在裡面的已經夠了。」

我照他的話把蓋子蓋上。接著他用透明膠帶把骨灰罈封好，他的工作就告一段落了。骨灰罈比我預期的要重上許多。小華撐起黑傘，陪我走到車邊，劉哥已經在駕駛座等著。韓吉捧著照片坐進後座，接著我也坐了進去。

「再進去一點。」

小華說完，吉米坐了進來。

「咦？你怎麼來了？」我問。

「他跟我們一起來的，只是他有信教，所以沒有進去拜。」劉哥說。

「信教？」韓吉問：「是信什麼教不能拜祖先？」

「我只是沒有拿香，還是有致意。」吉米回答。

高速公路上的車潮擁擠，不過下了交流道就一路順暢了。照著衛星導航的指示，劉哥順利找到位在山坳裡的公墓。

「你們先下車吧，我停好車就上來。」

小華下車爲我撐開黑傘。電梯前面排隊的人看我們是來入塔，主動把位置讓了出來。我點頭致謝，捧著骨灰罈爬上旁邊的樓梯。管理員看完資料後，挑出兩把鑰匙，從服務窗口裡推出來。

「等等兩把鑰匙都要交回櫃檯。」他說。

旁邊的告示寫著：即日起，除入塔、移靈，不再提供開櫃服務。

把骨灰罈和相片放上供桌後，劉哥拎著兩個大塑膠袋，很快地把鮮花素果擺盤，拿出打火機點燃香。

「室內不能點香，要到外面。」

管理員說完，劉哥帶著我走到室外，先拜了天地，再對著室內鞠躬。我把香插進比人還高的香爐，回到供桌前，劉哥掏出兩個銅板給我。

「問看看外婆是不是已經到了。」

他問了五個問題，我一連擲了五次聖筊，讓他嘖嘖稱奇。

「好，等香燒完再入塔。」劉哥說：「我去燒一下紙錢。」

室外大香爐旁邊的空地，幾個跟著大人來祭祖的孩子拿著一顆柳丁丟來丟去。我看得出神，然後發現其他人都在發呆。

「對了，這是韓吉。」我說：「這是小華。」

「醫院見過。早就聽過很多關於你的事。」小華說。

「是嗎？上次幫忙付的車錢還沒給你。」

「唉呀，自己人別計較這些。」

「這是吉米。我去上海的時候，都住他那裡，多虧他照顧。」

「你好。」

吉米說完，韓吉沒有答話，轉過頭來問我，「你不是住一個女的那裡？」

「那是後來。」

「下次來就直接到我那裡，我要小江去接你。」

韓吉說完，點了根菸。我不想抽菸，於是他把菸盒遞給小華。

「記不記得上次來的時候，有隻小黑狗一直跟著我們？」韓吉說：「是不是那邊那幾隻？」

山下的忠烈祠外，有幾隻狗互相追逐著。

「不是吧。如果還在，應該很老了。」

「我這次下去見了小三子和阿壯。都過得不太好。一個愛賭，欠了一屁股，另外一個在打零工。他們說你都沒跟他們聯絡。」

「大家都大了，見面也不知道要講什麼。」

太陽突然露臉，顯得有點刺眼。

「這裡挺好的。」小華兩手撐在欄杆上，欣賞著眼前風景，「視野開闊。」

「這種地方風水一定都選過的。」韓吉說。

「豈止不錯，是非常好。這個地形像寶袋一樣，會聚財喔。」劉哥甩乾手上的水，加入討論。

「這邊一個位置要多少錢？」

另一頭的山邊，車輛從高架橋上開進隧道。

「喂。」

「嗯？」

「知不知道這邊一個塔位多少錢？」

在一旁嬉戲的孩子發出驚叫，漏接的柳丁一路滾到我的腳邊。

「喔，不用錢。」我撿起柳丁拋了回去，「軍人公墓，榮民和眷屬免費。」

「這麼好，我阿公那邊一個賣好貴，蓋好再買更貴，一下就搶光了，我三叔他們買到第二期，現在已經在蓋第三期了。」

「應該都是違法的。」小華說。

「哪是，是合法的好不好，我們有確認過了。」

「拜託，那個建照有多難搞，賴桑就在弄這個，都還沒賣，就花了一堆錢送承辦人的老婆小孩出國，承辦人簽完案子就退休落跑了。」

「這我是不知道。」

「上次幫你媽弄病房的那個王秘書，現在在看守所，就是爲了這種事。」

「真的嗎？上次都還沒謝謝他。」劉哥說：「那他現在怎麼樣？還好嗎？」

「好得很，吃香喝辣，有人罩。一出來應該就會去大陸了。」

「是嗎？那我要回去問看看，我爸買了三十幾個。」

「你們家人真多。」韓吉問。

「是投資啦。很多人搶著要，可以轉賣。」

「放心啦，這種東西政府不敢拆。」

香爐裡面的香已經快要燒到紅色的竹籤。我獨自走進放骨灰的地方，在一排排的高牆間，找到新申請的雙人櫃位。我用鑰匙把櫃位打開，把有輪子的鋁梯推到外公的櫃位下面，然後爬上梯子，對著外公的照片默拜完，用另一把鑰匙打開櫃門。

黝黑的骨灰罈看起來和新的一樣。

我捧著骨灰罈小心地走下梯子，把骨灰罈移到新的櫃位放好，又爬上梯子。原本的櫃位裡還有幾張照片，一張是我的高中畢業照，一張是外婆的大頭照，還有一張是在鄰居婚禮上拍的合照。照片裡，外公和外婆坐著，我蹲在他們前面，新郎新娘正在別桌敬酒。我把照片叼著，把手伸進櫃子，取出一隻褪色的金錶、一台小收音機和一枚鑲玉的金戒指。我把這些東西全部移到新的櫃子，然後回到供桌，雙手合十。

我原本想對外婆說些什麼，可是我發現雖然骨灰罈上貼著外婆的照片，上面還刻了名字和籍貫，但對我來說，它似乎只是個罐子了。

我把罐子捧了起來，身後傳來韓吉的聲音。

「怎麼不叫我們幫忙？」

「噓。」劉哥說：「現在不要講話。」

我將外婆的骨灰罈放在外公的旁邊，又把兩個罐子都向內轉了一點。

「這樣可以嗎？」我問小華他們的意見。

「很好。」

我從口袋裡拿出兩條外婆的手帕，在裡面包了一疊鈔票，然後放進櫃子。看著他們的黑白照片，我的心情有點複雜。我緊繃著嘴唇，腦袋一片空白。接著，我跪下磕了三個響頭，然後把櫃門關上，用鑰匙鎖好。

離開之前，我又跪了下來，朝櫃位磕了三個響頭。

直到管理員從我手中取走鑰匙，我才意識到外婆是真的走了。以後我的一切，她都不會再參與了。如果我想她，想的也都只是回憶而已。

我把桌上的供品收進塑膠袋。一個孩子手裡拿著已經裂開的柳丁跑了進來，想把流出來的汁液抹在其他孩子身上。他們繞著供桌嬉鬧，一個不小心，有個孩子差點摔倒。

「喂。不要在這裡跑來跑去。」

韓吉罵完，孩子的父母把他們叫出去，用英文講了他們幾句。

「媽的，連中文都不會講，假洋鬼子。」

「我覺得你對國外回來的有很大的偏見。」吉米忍不住接話。

「我不是對國外有偏見，我是很討厭美國。」

「我就是從美國回來的。」

「你拿哪一國護照？」

「我有美國的，也有台灣的。」吉米說得很坦白。

「你有沒有當兵？」

「沒有。四個月出國一次就好。」

「不當兵，那拿什麼台灣護照？」

「夠了，韓吉，你別再說了。」我說。

「爲什麼不拿，法律又沒有規定不行。」見韓吉沒有接話，於是吉米又說：「你這是歧視。」

「你也別說了。」

他們兩個都沒有再說話。一時之間，氣氛有點尷尬。

「其實，最近發生的事我都寫進小說裡了。」我說：「你們都是裡面的角色。」

「真的假的？」劉哥看起來很驚訝。

「嗯」。

「我從來沒有想過自己會是故事裡的角色。」他停頓了一下，又問：「那我在裡面演什麼？」

「就演你自己。」

「是嗎？」他點了好幾次頭，才想到要說什麼，「好看嗎？」

「小華有看過，你可以問他。」

「不要問我，要看自己去看，不過我是建議不要看。」

「爲什麼？」

「看完你會覺得很怪。」

「哪裡怪？」

「看完別人寫你接下來會做什麼，你會覺得做也不是，不做也不是。」

「不理它不就好了。」

「問題是，他的故事還沒有寫完，如果你不理，他之後還是可以改，把故事改成你沒有做那件事。」

「那是什麼感覺？」

「一種帶著故事跑，又被故事追著跑的感覺。」

我聳聳肩，把外婆的照片夾在腋下，拎著袋子走出大門。外面已經暗了，先前那幾個孩子坐在廁所邊的椅子上，小女孩正在哭，兩個男孩在打電動，一個神情木然的老婦人坐在他們旁邊，而孩子的父母則站在大門的另一邊。

我看了看手錶，沒想到天黑得那麼早。

「媽媽也沒說錯，語言本來就是要常講才會講。」

「那也可以好好講，幹嘛問她是不是中國人？」

「是她自己說她是美國人，不用講中文，媽才順著問的好不好。」

「跟小孩子講話口氣可以好一點吧？」

「她口氣有不好嗎？我不知道你現在是不爽什麼。」

「我當初要送她去學的時候，是誰說自己教就好的？」

「我沒有教嗎？是你在家一直跟她講英文，還跟她說不想學可以不用學。」

「拜託，那時候她還多小，你以爲每個人都跟你一樣是語言天才嗎？」

「好了，回去，回去，你們都回去，省得清靜。」

「這也會寫進故事裡嗎？」劉哥悄聲問。

老婦人很快地從我身邊經過，步下台階，在夜幕中消失。

有些事情一旦說出來，就無法再隱瞞了。

我動了動桌上的滑鼠，電腦從休眠模式中醒來。我望著閃動的游標發呆。螢幕上的稿子，我已經修改了無數遍，卻還在修改。

我滾動滑鼠，把故事拉回到前一個章節，重讀了一遍。我刪掉幾個地方，加上一段爭吵的情節，然後又回到這裡。

小華說得沒錯，這是一種帶著故事跑，卻又被故事追著跑的感覺。

和他不同的是，我不只是故事裡的角色，我還是寫故事的人。我能夠改變，能夠主導一切。雖然如此，我卻仍感到茫然，有時甚至不知該如何繼續。

起初，我只是想寫個故事。一個和外公有關的故事。

因爲他死了。

他是個很好的人，從來不發脾氣，不與人爭，不算勤奮，但很節儉，打打小麻將是他生活中最大的消遣。雖然沒錢讓我吃好用好，沒有辦法教我功課，平時也很少管我，不過我一直相信，如果我開口，無論要他做什麼，他都會願意。

但隨著時間過去，我能記得的事情越來越少。於是，我想把他的故事寫下來，好讓自己不要忘記。一直到我開始寫，我才發現，對於他的過去，其實我並不瞭解。

外公很少提起過去。我只知道他有一個弟弟。當年要撤退到台灣的時候，外婆帶著他弟弟從南京到上海找他，結果上船之前，他們兄弟吵了一架，他的弟弟負氣離開，從此相隔兩地。開放探親以後，外公回去了一趟，花錢修了祖墳，幫從未見過的弟妹買了房子，又回去了幾次之後，就再也沒回去了。外公過世後，我才聽鄰居提起，原來，他的弟弟後來因爲他的關係，在牢裡被關了好多年，出來之後身體一直不好，沒等到他回去就過世了。

在一個和平，沒有戰亂的時代，一個陽光和煦的午後，在書桌前寫下這些，我覺得自己有點荒誕。

如果是早幾年前，我是不會這樣寫的。那個時候的我，還不懂得欣賞荒誕，對於荒誕，只會覺得憤慨。就算無能爲力，就算不明就裡，也想要對世界進行批判。至於批判的目的，我並沒有仔細想過。不過那也無妨，因爲，那個時候的生活，是憑著激情前進的。

現在，我終於知道，與其批判荒誕，不如學習與荒誕相處。一旦找到了欣賞荒誕的角度，便也能開始欣賞這個世界。誰叫世界的本質是荒誕的呢？

不過，那時，我不相信世界的本質是荒誕的。

我爲了寫這個故事，而開始去瞭解那些我所不知道的過去。我這才發現，過去上課所學到的，不管是課本寫的或是老師教的，有些是捏造，有些是避重就輕，不屬於這兩類的，也都是經過篩選的。我對此大爲震驚。我不願意相信，我所受的教育是有意圖的——有人意圖把我教育成一個符合他們期待的人。

我承認，這讓我非常憤怒。

光是揭露還不夠，還要讓每個人都知道，相關的責任也要追究清楚，不可馬虎。雖然威權專制的時代已經過去，獨裁者也早就死了，但那些曾經參與其中的人，就算不用接受處罰，也必須要公開承認錯誤，並且為此道歉。如果讓推諉卸責的人，因為欺瞞，而能夠繼續享受原本不該屬於自己的名望，那麼這個國家將永遠缺乏反省的能力。

我仍能從這段當時寫下的文字中，感覺到當年血氣方剛的憤怒。至於爲什麼憤怒？我有點忘了。可能是因爲我的確成爲了符合期待的人吧？我不想承認，但這真的也是事實。

窗外，孩子們正在巷子裡玩躲避球，尖叫和吶喊的聲音有點吵。我起身走到窗邊，戰況比我想像的要刺激。場中的最後一個孩子堅持了幾個回合後，也被球逮個正著。我看完比賽，重新回到座位。

其實，控訴並不是我的初衷。當初，我只是想寫個故事，一個與外公有關的故事而已。可是知道了這麼多過去所不知道的事情後，我發現自己逃避不了，也不想逃避。無知地活著或許是種幸福，但是裝成無知的樣子活著，卻是種辛苦。我不想僞裝，想試著說出真相，但花了好長的時間，卻始終沒辦法平心靜氣地把這一切描述清楚。最後，我決定放棄，我想自己還沒有能力處理這麼複雜的問題。

現在想想，這或許是件好事，有些事情發生太早、太容易，也不算太好。擱下稿子後，陰錯陽差地去了中國，透過朋友的介紹，認識了許多大陸人，還和其中幾個成了好朋友。雖然如此，但我始終不習慣他們老愛把「大家都是一家人」、「都是大家庭的一份子」這類的話掛在嘴邊。

我沒辦法把他們當成一家人。就算在台灣，我也沒有把所有人都當成一家人。我原本以爲是政治的關係，但我很快發現我錯了。我不只對熱衷政治的人反感，我還對很多人反感，特別是那些拋下其他人，想移民到國外的人。他們不會承認自己想當外國人，但不會避諱自己嚮往外國的生活。事實上，他們想盡辦法留在國外，甚至有人明明住在台灣，卻特地要跑到美國去生孩子，爲的就是讓孩子多一種選擇：當美國人的選擇。我很討厭這些人，但是社會上沒有人敢罵這種人，甚至大家心裡都很嚮往能成爲這種人。

不巧的是，在大陸最照顧我的朋友，就是舉家從台灣移民到美國的人。每當我想起這些，就覺得不太舒服。

直到有天，我搭車的時候，遇到一個福建籍的司機，知道我是台灣來的以後，他開始跟我聊天，說他有個親戚嫁到雲林，丈夫做的是養黃牛的生意，又說還有個親戚到南非開超級市場，把其他親戚都帶了過去，現在只剩他一個人在大陸。他沒有生氣或輕視他的親戚，言談之中還帶著祝福。

我想他一定不會覺得他的那些親戚不是中國人吧？我這才發現自己的狹隘。我為什麼要覺得我的朋友不是台灣人呢？原來是我把太多不一樣的事情放在一起看待，所以把一切都搞混了。

我終於知道，身為一個島民給我帶來的影響。更糟糕的是，我還受了大國心態的教育，成了一個目光如豆，自卑又自大，眼裡其實只有自己，根本不關心別人的四不像。

然後，外婆死了。她留下一筆能讓我好一陣子生活無虞的錢。不久之後，我們曾經住過的眷村也拆了。我原本所以為的家，也隨著這一切而不存在了。

我幾次回到被拆毀的村子，看著雜草叢生的空地發呆。原來少了房舍後，我過去住的村子竟然這麼的小，擠了那麼多的人。那些曾經發生在巷口雜貨店、後面磚瓦窯和稻田的點點滴滴，許多我原本以為已經忘記的事，沒想到又一一浮現。我這才稍微瞭解了無家可歸的感覺。

隨著時間過去，我又忘記了一些，但也仍記得一些。

我再度提筆，想寫下這一切。我發現要寫和自己有關的故事比想像中困難許多。我不但要仔細回想過去，還要重新解讀，更要注意到自己的改變。在這個過程中，我經常遇到瓶頸，每次都會停頓好長一段時間。當我覺得準備好了，可以繼續進行的同時，都會發現想法和觀點與先前又有了差異，只好對稿子再進行刪改。這個過程並不精采而且冗長。故事裡短短的幾天，我竟然花了好幾年還無法完成。

有時候我也經常會問我自己，這一切究竟值不值得，或者，是哪裡出了問題，才會讓我在這個故事裡，一直走不出去。

雖然我並沒有答案，但也不以爲苦，甚至還能自得其樂。因爲我在字裡行間將一切慢慢地拆解，然後進行重建。而我所寫的一切，也逐漸遠離現實，向自己靠近。

終於，我的故事成了我的村子。

這個村子，比我以前住過的任何地方都還要豐富。四面環山又環海，村子邊上有著稻田、河溝、公園、溜冰場，還有瞭望塔。村子裡面有著泥土房子、日式建築、酒吧、學校、飯店和高樓大廈。只消短短幾步路，我就能在不同的時空之間移動。

我還在其中創造了許多角色。這些角色有些是從真實生活中取樣，有些是憑著想像虛構。我讓他們全部都住進這個村子裡面，他們是我的鄰居，也是我的朋友。只要我想，我任何時候都能見到他們，跟他們說話。

就像現在，從我的窗外，還能遠遠看到新舊建築夾雜的軍營裡，有軍人正在頂著太陽揮汗操練。我甚至能聽到他們答數的聲音。

突然，頭一次，我對他們感到抱歉。我想這是由於我寫下了這些，所以我不得不承認他們是爲了我而進行操練的。不只是他們，故事裡的每個角色的每個舉動都是爲了我的意念而服務。他們照著我所設定的情節而出現，我隨時可以對他們進行修改，甚至能改變他們的記憶。我甚至不曾想過他們有沒有記憶。

原來我終究還是自私的。如果可以，我希望他們能有自己的想法，去做自己的事，成爲一個真正的人。但是我不確定該怎麼做才好。

「喂。」

我回過頭，吳亞麗正坐在床上，手裡還拿著我的稿子。

「你怎麼在這裡？」

「那邊的工作結束了，自然要回來。這是我家啊，不回來去哪？」

「你家？」我確認了房間的擺設。木頭的書桌，桌上的檯燈和印表機，「這是我家啊。」

「我是說台灣是我家啊。」

「你別看我的稿子。」

「是你自己要放在床上的。」她說話的時候連頭也沒抬，「你這東西，寫得亂七八糟，不過還挺有趣的。裡面竟然還有我，這未免也太過分了。」

我急著想把稿子拿回來，但她用腳抵住我的椅背。

「你先別吵，我快看完了。」

我知道一切都來不及了。

「唉唷，又寫到我了。」她讀著我的稿子，用演戲般的語氣消遣我，「還真有趣，連我要講什麼都幫我想好了。」然後她看著我，「就這樣沒啦？」

「我就只寫到這裡。」

「還寫不寫？」

「不知道該怎麼寫了。」

「那好，你整理一下跟我出門吧。」

「出門？要去哪裡？」

「慶功。」

「慶什麼功？」

「劇組的慶功宴，租了艘遊艇，要出海慶祝慶祝。」

「那干我什麼事？」

「你也順便啊。」她說：「你沒坐過遊艇吧？」

她的笑容帶有嘲笑的意味。

「是沒有，但是我也不想。」

「反正你就跟我去，當護花使者，到時候我喝醉，負責把我扛回來。」

「你喝醉了我肯定扛不動。」

「我？拜託，我很瘦好不好。」

「比上次見面要胖。」

「唉啊，不管了，反正就當是你給我的回報。」她晃著手裡的稿子，「你想想，我家都讓你白住白睡白洗澡了，你能夠知恩不報嗎？」

「那是故事。」我說：「而且你講話怎麼有大陸口音？」

「能沒有嗎？家裡讓人住了，無家可歸，只好遠走上海，然後就被人同化了。」

她越模仿越起勁。

「是認識了哪個男人，吃了誰的口水。」

「去你的，沒男人很久了。你快給我介紹一個。」

「我考慮考慮。」

「那之後就靠你了，請多關照。」

21

冬天午後的天氣晴朗，大朵大朵的雲被風吹動著。

捷運車廂裡的人並不多。吳亞麗為了慶功宴的事，一直在講電話，音量引起了幾個乘客側目。

走出淡水捷運站，和煦的陽光和鹹鹹的海風讓人渾身舒暢。

「時間還夠嗎？我想去那海看看。」

「那海？」

「前面有家咖啡店，我以前去過。」

「喔，那家啊，老闆早就換人了，現在改名叫天使。」她說：「今天剛好休息。」

「是嗎？」

我走向堤岸，眼前的畫面非常不真實。

潮水是加了乳水的藍色，從沙地上退去之後，洞裡冒出的白色泡泡，讓手忙腳亂的小螃蟹看起來像在嬉戲。

我又看了一遍，這次連沙也變成白色了。

我拉拉吳亞麗的手臂，告訴她這件事。

「沒關係，到時候做一些特效就好。」

她把手提袋拉到肩上，對著河面上一艘藍色的舢舨招手。船夫調整了方向，緩緩地在渡船頭停下。

「上去吧。」

吳亞麗挽起裙子上船，從袋子裡拿出遮陽帽戴在頭上。我猶豫了一下，跟著踏進舢舨。

「坐下，不要站著。」

船夫把檳榔汁吐進水裡，化成一抹淡淡的紫色。

「要不要等其他人？」

「不用了，先走吧。」

船夫重新發動馬達，往出海口駛去，螺旋槳在水面上打出一條好長的白色波紋。回過頭時，我們已經停在一艘白色的遊艇旁邊。

一個男人從駕駛艙出來，吳亞麗跟他寒暄了幾句，然後轉頭跟我說：「我去接別的人，你先上去吧。」

我爬上鐵梯，在有頂棚的甲板坐下，那人遞給我一瓶啤酒。

「謝謝。」我接過啤酒喝了一口，看著小船畫出的弧線。

我注意到他仍然在看我。

「是現在要付錢嗎？」我掏出錢包。

「去，我看你根本不記得。」他揮揮手，才要離開，又回頭把臉湊向我，「真的忘啦？你看看我，看看我是誰？」

「對不起，我真的不知道。」

「我載過你，想起來沒有？」

我看著他，試著回想，但是想不起來。

「我以前開計程車的。」

我這才記起他是以前載外婆去醫院的計程車司機。

「你怎麼會來開船？」

「一切都是命啦，有工作就要偷笑了，說不定以後還要去開飛機咧。」

靠近燈塔的堤岸邊，警察騎著摩托車在巡邏，另一邊的觀音山上，雲不斷地經過。舢舨的馬達聲逐漸接近，我走到船尾，韓吉正在上船，後面還跟著小江。

「你們怎麼會來？」

「在碼頭遇到他們，就帶過來了。」吳亞麗說。

小江跳上船，和韓吉低頭講了幾句話，然後走到我身邊，欲言又止。

「怎麼了？」我問。

「我想向您道謝，但是大哥要我自己跟您說。如果不是您，我也沒這個機會到台灣看看。」

「沒事。去過哪兒了？」

「昨天晚上剛到，去了么零么，還去了士林夜市。剛頭一次搭地鐵，我在上海也沒坐過這玩意兒。」

「怎麼樣，喜歡台灣嗎？」

「挺好，這幾天我們那兒老下雨，市區還淹大水。大哥又不在，整天悶在屋裡都快悶壞了。」

「回去以後要找份正經工作，知道嗎？」

「知道，大哥剛在路上才跟我提，要我去學些技術，他提供資金。昨天我吃了大腸包小腸，那玩意兒太好吃了，我到現在都還念念不忘。大哥說如果做得好還可以搞連鎖，假如真有那天，我一定給您留些股份。」

「好了，別痴人說夢。去後面看看有什麼要幫忙的。」

韓吉把打發他走後，點了根菸。

「打算什麼時候回去？」

「還不一定。」

「真的要跟小江去做生意？」

「再看看吧。你呢？」

「不知道，先休息一陣子吧。」

我接過他遞來的菸盒，從裡面拿了一根菸。

「你知不知道村子那塊地還空著?全都圍起來了,掛了一個大看板,原來是賣給財團了,你說氣不氣人?」

「氣什麼?拆都拆了,還能怎麼辦呢?」我用手擋風,試著把菸點燃。

「原本說要原地改建,後來又說要蓋學校,急著叫我們搬,結果現在什麼也沒有,還把地賣給財團。如果早知道這樣,那讓大家繼續住在一起不是很好。小三子說易老爺上個月死了,過了兩個禮拜,屍體都臭了才被人發現。」

「這也不是我們能決定的。」我把打火機丟在椅子上,「你的菸借我一下。」

「你記不記得當初開說明會的時候,從國防部下來,說學校馬上就要動工,要大家多幫忙的那個上校?你知道他怎麼了嗎?」

「我怎麼會知道?」我吐了口煙,把他的香菸還給他。

「雜誌踢爆他的將軍是花錢買的,不過他早就退休逃到美國去了。」

「是喔?」

「你不氣嗎?」

「氣什麼?他也只是照上面的意思辦事。」

「照上面意思?屁!他早就知道一切都可以推給上面,所以才敢這樣幹,而且幹得更絕。你看看,才多久就要斷水斷電,逼著我們簽同意書。聽說花蓮那邊,有些村子就是不搬,不要錢,跟國防部槓上，也不怕警察來趕，半夜還被黑衣人縱火。最後有個老人受不了，自焚死了，鬧了好大的新聞，結果就真的宣布不拆了。這叫官逼民反，看你好欺負，每天都來欺負你。」

「地本來就是國家的，要我們走，不走才沒骨氣，如果是我，要我搬我就搬，不給錢我也搬。總有一天，會有人知道這些事。」

「知道又怎麼樣？」

「在聊什麼？」小華從船艙後面走了過來。

「你怎麼也來了？」

「你不想見到我嗎？」他拉了張板凳坐下，「劉哥和吉米在後面準備烤肉的東西。」

「烤什麼肉？」

「今天慶功不是嗎？我剛看後面準備得差不多了。」

「怎麼我都不知道你們要來。」我把菸用腳踩熄。

「現在不就知道了。」小華掏了掏耳朵，「你們剛在聊什麼？」

「在說這個政府，真的是有夠爛。」韓吉說。

「政府也是人搞出來的。人不行，政府怎麼可能會好。」

「那就像企業一樣，把不行的人給裁了。」韓吉說。

「政府又不是企業。企業要賺錢，政府只會花錢。現在搞政治的這批人，全都是從美國回來，什麼都想學美國，但是美國花的是世界上所有人的錢，這可是學也學不來的。」

「你說得太對了。」韓吉說完轉頭看著我，「爲什麼我要說這種蠢話？」

「這怎麼能怪我，話是你說的。」

「真是太不公平了。」

「台灣這種地方，連外勞的權益都不管，只知道剝削，要談什麼公平，那是好高騖遠。」小華說。

「爲什麼要扯到外勞？」韓吉一臉疑惑，「他們有身分證嗎？」

這話題越扯越遠了，我得把它結束。

「你們慢聊，我去後面看看。」

後艙似乎相當忙碌。劉哥在調雞尾酒，小江拿著刀準備開西瓜，吉米正專心地用竹籤把青椒和肉串成一串。我才想幫忙，卻又聽到吳亞麗的聲音。

「你看是誰來了。」

我轉頭看見安惠，還沒問候，手臂就被人一把勾住。

「猜猜我是誰？」

李豔像玩捉迷藏一樣在我身後繞著圈子。

「我等等再去找你。」我不好意思地對安惠說。

「沒關係，你忙你的，不用管我。」

安惠說完，看了一下四周，然後默默地走向前艙。

「你不是只能跟團嗎？怎麼可以脫隊？」我問李豔。

「我可是應邀來的。」她說：「吳姐你跟他解釋解釋。」

「我是用專業人士的名義邀請她來的。」

「我可是女主角，女主角當然得來。」

「那專業人士的標準未免也太寬鬆了。」我說。

「寬鬆才好，你看我們那兒多少人用這個名義過來參觀訪問跟旅遊，促進兩岸交流，幫助台灣經濟發展，這點我們很樂意的。」

「那我要代表台灣人民謝謝你們。」

「沒事，我才要好好謝你，說話算話。」

我被她逗得很開心，想想也才幾天不見，感覺卻像隔了好久。

「來，服務員，快拿兩杯酒來。」李豔說完，小江把酒端了過來。「咦，你怎麼在這兒？」

「是啊，我也沒想到能來。」小江說。

「怎麼連跑龍套的也在？」李豔問我。

「跑龍套多難聽，我好歹也是個配角。」

「我說你是跑龍套的，你就是跑龍套的。」李豔說：「我問你，你怎麼來的？該不也坐商務艙吧？」

「既然都來了，何必要比來比去。」我說。

「如果連他也算專業人士，那這邀請就沒什麼價值，算我白高興一場。」

「你剛不才說標準寬鬆點好。」

「寬到我是可以，如果連他也行，那豈不是每個人都能來了？他們能促進什麼發展，沒錢，沒消費能力，而且台灣這麼小，所有人都過來的話，能擠得下麼？」

「我坐船來的。」小江說。

「坐船？該不是偷渡吧？那你也真敢，上海過不下去了是麼？上次見你，開個大車，穿西裝，人模人樣。我說啊，這叫天有不測風雲。」

「她就交給你招呼吧。」

我拍拍小江的肩膀，轉身去找安惠。

「唉呀，虧我覺得你是個好人，我迢迢千里到這兒，飄洋過海，孤苦伶仃，你竟然就這樣把我丟下……」

「你嘴巴厲害，我講不過你。大哥還要招呼其他客人。你想聊天，我跟你聊……」

我聽著他們各說各話，沒走多遠，聲音突然停了。

「喂，你們怎麼不聊了？」我回頭問。

「您一走，我就連要講啥都不知道了。」小江說。

「你要跟我講，我還不想回呢。」李豔說。

我笑了笑，心想安靜點也好，走到前艙，安惠一個人坐在椅子上發呆。

我在她的旁邊坐下，「怎麼樣，最近還好嗎？」

「很好。恭喜你故事寫完了。」

「爸爸身體好些了吧？」

「好了。連醫生都說是奇蹟。而且他個性也變了，不喝酒了，還說要加盟便利商店。他說他想過了，覺得我還是留在台北工作比較好。」

「是嗎？那很好啊，你怎麼想？」

「不知道，回家也很好。反正我在台北也沒什麼發展，想開了其實也沒什麼。如果有機會，給我看看你的稿子吧，我還挺想看的。」

「那有什麼問題。」

李豔走到我們面前，我抬頭看著她。

「又怎麼啦你？」

「我說啊，既然連小江都能來，那我朋友也要來。是她找到你朋友的，你就當幫我個忙。」

「我根本不知道她是誰啊。」

「你管她是誰，知道是我朋友就好了，是我很好的姊妹。」

「這我沒辦法決定。」

「那誰能決定？」

我指指吳亞麗。李豔過去和她說了幾句，接著吳亞麗走到我面前，從包包裡拿出一疊厚厚的稿子。

「你還要請誰，就自己加吧。」

「你怎麼會帶我的稿子？」

「這不就是我的任務嗎？睜眼說瞎話，這東西到底是不是你寫的？」

「不是我，不然還有誰？」

我把稿子接了過來。

「那你就要負責。」

她遞給我一枝筆，我找了張桌子坐下，想著該怎麼讓李豔的朋友出場，但是我連她長什麼樣子都沒有想法。

一個女人從船艙裡出來。

「這是哪裡啊？我怎麼會在這裡？」

她的穿著打扮都很眼熟。

「唉呀，你不是想到台灣看看，我找人把你弄過來了。」

李豔拉著她到一旁解釋，我注意到小江站在我旁邊，好像想講些什麼，又不好意思開口。

「怎麼了？」

「您在忙吧？沒關係，您先寫。」

「沒事，你說吧。」

「開船的師傅要我來問什麼時候要開船。」

「你說呢？」我問吳亞麗。

「都行啊，現在開也可以，高興就好。」

我看了看外面，陽光溫暖，海水碧藍。

「那就開吧。」

小江跑進駕駛艙，然後船動了起來，往海的方向前進。海風和陽光打在臉上，非常舒服。

吉米拿著兩枝肉串，看著李豔的朋友，表情顯得很困惑。我這才發現自己把角色搞混了，原本想要補救，想想乾脆將錯就錯。

「你們兩個認識？」李豔問。

「之前見過幾回，不算很熟。」她的朋友說。

「不熟？你當我第一天認識你？想騙我？」李豔還想繼續追問。

「你過來我這裡。」我說：「你還有沒有想找誰？要就快點。」

「真的假的？那你把我那個老鄉大爺也帶過來吧，還有那些幫你推車的人，把他們全部都帶過來。」

「這有點強人所難。」

「我知道你行。現在上海很冷，你就當做做好事，讓他們暖和暖和，想想人家當時幫你推車，你才給人家多少錢。」

「但那是夢啊，我怎麼把夢裡的人叫出來？」

「那還說得跟真的一樣，呿。」

「好吧，我試試。」

一票彪形大漢從船艙裡走了出來，感覺像是一群土匪。

「你確定要這樣做嗎？」吳亞麗問。

「就當讓大家高興一下，反正機會難得。」

「但他們是藏族的打扮，不像是東北來的。」她提醒我。

我這才發現其中有人正轉著經輪。

「每個人有穿著和信仰的自由嘛。」

「這也太牽強了吧。」

「你也弄些衣服給他們換吧，他們這身衣服太熱了。」李豔說。

一連串的要求，讓我有點應接不暇。

「箱子裡有衣服，自己試試大小。」我一邊說，一邊用筆在稿子上寫下。「好了，先這樣，我要休息一下。」

我把稿子交給安惠，「你想看就拿去看吧。」

船停了下來。海面波光粼粼，像是金色大魚的鱗片。

「喂，看這兒！」

我用手遮住陽光，只見小江打著赤膊，穿著一條短褲，翻了一個跟斗跳進海裡。姿勢雖然不算漂亮，不過還是引起一陣歡呼。幾個東北的年輕小伙子吆喝著爬上船頭，玩起花式跳水，但是越玩越有較勁的意味。李豔的朋友勾著吉米正要去玩，見我在看她，竟然向我走來。

「昨天我和小西吃宵夜，她還有提到你。她說原本以爲你會給她打電話。」

我笑得有點尷尬。

「我剛跟李豔提了，她要我自己問你，看能不能讓小西也過來。」

我從安惠手上拿回最後幾張稿子，不單是小西，吉米的表哥和他的朋友們，以及酒店裡的服務員，所有人全都到了。

「你不覺得有點擠了嘛？」吳亞麗又問我。

「那就換艘大船吧。」

話才說完，船就從遊艇變成了郵輪。

船頭傳來驚叫。劉哥腳上頭下地掉進海裡。小江拋下救生圈，帶著那幾個小伙子興沖沖地展開營救。

「對了，我等等介紹個人給你認識。」

「誰？這裡的人我大概都知道。」吳亞麗說。

「剛掉下去的那個。我覺得他挺好的。」

「他啊，你省省吧。不勞你費心，我看上的我自己會倒貼。」

「原來是這樣。」安惠看著稿子說：「所以根本就沒有什麼老人。那你還煞有其事地帶我去找他？」

「噓。」我用手指封在嘴巴，從安惠手裡拿回稿子，想把這段刪掉。

我一抬頭就後悔了。老人已經站在我的面前。

「你在寫什麼？」

「沒有，對了，東西我已經寫好了。這位是出版社的編輯，她叫安惠。」

我把手上的稿子遞給他。

「什麼事這麼熱鬧？」他看著甲板上正在排桌子和準備餐具的人問。

「等等要辦慶功宴。」我說。

聽完，他獨自走向船舷，看來有些孤單。

「對了，您有沒有想邀請誰？」

他想了很久。「沒有。」

「想不想見到您母親，老周，軍長或者高副官？」

「沒來就不用麻煩了。」

我坐了下來，請安惠幫我唸出稿子裡出現過的角色，然後一一寫下。先是沙林、路過的男人和他的女兒，然後是沙林的父親、母親、土匪頭子、廟祝、村民、富翁、老大爺和他的馬、士兵、團長、高副官、胖副官跟其他出現過的人，有很多人我連想都沒想到。

唸完了和老人有關的部分，安惠問我是否還要繼續。

「反正都已經來這麼多人了，也無所謂了，就都唸出來吧。」

安惠逐一唱名。已經在場的舉手答有，還沒出現的我當下補上。劉媽、阿姨、誦經的和尚、化妝師、賣花的小姐、被看護推著的老人，又是一大批人。

現在，所有人站在我的面前，有的穿古裝，有的穿軍裝，有的打扮入時，有的披著袈裟，有的穿著囚服，男女老幼，數量遠超過我的想像。

這麼多的人吶。看著他們，我突然有點鼻酸，一時不知該說些什麼才好。

「好吧，那，大家先吃點東西吧。」

桌上的食物一下就被搶光了。沒拿到的人一抱怨，後面立刻有人開始叫嚷。我連忙把椅子當桌子，讓一盤一盤的食物不斷從船艙裡送出，及時平息了騷動。

我鬆了口氣，把手上的筆變成酒杯，坐在地上喝了起來。

老人拿著半隻雞腿向我走來。

「那個人是誰？」

我朝他指的方向看去。

「他是你表弟啊，怎麼了？」

「我是說旁邊的那個。」

「喔，那是你小時候的樣子。」

話才脫口而出，我馬上知道錯了。

「你說那是以前的我？」

我搔了搔頭髮，然後改口說：「不是，那不是你。你是你。那是故事裡的角色，你把他當成演員，就當現在是在拍戲，一個角色，有很多演員，這樣就好。」

「明明我是我，但是他也說他是我。」

「我現在改掉好了。」

我把酒一口氣喝完，搖了一下酒杯，叼著筆，在稿子上找出他出場的句子。

「算了，別改了，看他吃得津津有味的。算了，不過是個孩子，算了。」

吃完飯後，杯盤狼藉。這些來自不同時代背景的人從一開始互相打量對方，到一邊吃飯一邊聊天，有人還交換起彼此身上的東西。

看著他們一團和樂，各自有趣，我突然覺得有點孤單。

「你不需要這樣的。」

「也沒什麼不好，大家挺開心的。」

我知道該是要結束的時候了。

「你們看，太陽要下山了。」

原本西斜的太陽，瞬間變成紅色，落入海裡。天很快暗了下來，沒有燈的甲板上，一片漆黑。

我原本以爲故事可以就此落幕，但卻沒有。

「怎麼辦？還是結束不了。」

「那就留下吧，這裡也沒什麼不好。」

「但是我寫得很累了。」

「跳下去。帶著你的稿子回你的世界。」

我看著大海，然後看著月亮。

「可是我不會游泳。」

「沒有作者能在自己的故事裡死掉。而且就算你繼續留在這裡，他們也演不下去了。你看看他們。」

月光下，所有人全都望著我，沒有人在做自己的事。氣氛安靜得可怕。

「如果我走了，那他們怎麼辦？」

「你知道嗎？一個獨裁者最可悲的地方是，到最後都還是獨裁者。」

「我不是。」

「那就去吧，跳下去，回到真實生活去，你不能永遠活在自己的世界裡。回去把故事的結尾補上，讓這故事變成你真實生活裡的一部分，讓你能夠和別人一樣抬頭挺胸。」

我挺起胸膛，知道自己是非跳不可了。

「相處了這麼久，我現在才發現，這段時光這麼美好。」

「這是最好的結局，不可能更好了。離開，才能鎖住這個美好。」

我跨過欄杆，背對著所有人。

「大哥，您聽我說最後一句，發自內心地說一句。」

海風吹在臉上，我望著遠處的燈塔，然後閉上眼睛。

「您知道我不看書的，但是我知道書本裡面，是沒有永遠美好的事情的，因爲書這種東西，總是會被寫完，會被看完的，您如果真想要留下些什麼，那就讓一切停在這裡，回您的生活裡，去找您的同志，一同去開始另一個美好吧，我說得不好，但是我真心地祝福您。」

我吸了口氣，跳了出去。

一瞬間，我好像飛了起來。我連忙抱緊懷裡的稿子，深怕它離開我的身體。相信再睜開眼時，我已經到了另外一個世界。

在那個世界裡，每個人都爲別人活著，也爲自己活著，都是朋友，也都是自己的主人。

與2009年自費出版的版本相比，本書做了大幅度刪改，故事變得輕盈，卻無損原意旨。精簡過後的故事，也回歸到故事的本質，將更多的想像空間交還讀者，不再只是一場爲個人進行救贖的儀式。

回想這個故事自發想，寫作計畫獲得台北文學獎年金入圍肯定，推翻失敗作品重寫，到自費出版售畢，再經過此次的修改，前後經歷了七年。我從中學會如何享受過程，也更懂得聆聽自己的心。我雖沒有因此而敦厚，卻變得更加堅定。

因此，《跳吧》之於我，不只是一本小說，還是一段實實在在的成長經驗，無論是刪去、留下或未提及的，都深深的烙印在我的心裡。撰寫後記的此時，我已無太多企圖，若每位讀者都能從中找到一些生活的況味，也就足矣。

最後。

謝謝上一版的封面設計alen與曾經購買過的讀者，是你們的支持讓這本書有了再版的機會，如果試著比較兩個版本的差異，定會覺得趣味盎然，並發現我的轉變。

也謝謝此次的編輯惠琪、封面設計阿發與一人出版社的劉霽，謝謝你們的參與，讓我得以真正從這個故事中退場，迎向另一個新的開始。

就讓我們繼續跳吧！

國家圖書館出版品預行編目資料

跳吧 / 何献瑞著.
--初版. --臺北市：一人, 2012. 02
320面；19*13 公分

ISBN 978-986-85413-6-8(平裝)

857.7　　100026895

跳吧 Jump

作者　何献瑞
主編　劉霽
執行編輯　楊惠琪
裝禎設計　阿發小姐

出版　一人出版社
地址：臺北市南京東路一段二十五號十樓之四
電話：(02)25372497
傳真：(02)25374409
網址：Alonepublishing.blogspot.com
信箱：Alonepublishing@gmail.com

總經銷　聯合發行股份有限公司
電話：(02)29178022
傳真：(02)29156275

印製　約書亞創藝有限公司

二〇一二年二月　初版
定價新台幣三二〇元